當代世界女性詩

繆思的聲音

The Voices of Muses

李敏勇——編譯

序說

聽，聽，繆思的聲音

詩的聲音就是繆思的聲音，女性詩更是。

俄羅斯女詩人安娜·愛赫瑪托娃（Anna Akhmatova，一八八九～一九六六）有一首詩〈繆思〉，我在一本六十位世界女詩人六十首詩的譯讀書《在寂靜的邊緣歌唱》（圓神出版），以「哀泣的詩魂」為她下了註腳。

今夜，我等待她，彷彿在千鈞一髮之間
她是無人能支配的。

我最珍愛的一切——青春、自由、榮譽——
在手持橫笛的她面前都黯淡無光。
而看她，她來了……她掀起面紗，
瞪視著我，沉靜而冷寂
「妳就是那人，」我索問，「讓但丁
聽寫下地獄詩篇行句的人嗎？」她回答說：「是的。」

——〈繆思〉

在愛赫瑪托娃心目中，詩人，尤其是偉大的詩人的作品是受惠於繆思。她以但丁《神曲》的〈地獄〉詩篇是聽寫繆思口授的行句，來稱頌希臘神話中主司藝術與科學的文藝女神們，她們是詩歌藝術的完整體現，而英語的 music 一詞來自繆思 muses，更賦予詩與音樂的關聯。繆思也成為史詩的引入者，在但丁的《神曲》〈地獄〉篇就有求索於祂的行句；荷馬的《奧德賽》卷中，也向繆思請益。

《在寂靜的邊緣唱歌》於二〇〇八年出版，距今已有十年了。這十年來，我持續進行世界詩的譯讀，也以專章整理世界女性詩，二十四個國家，三十二位女詩人的一百二十首詩，就是這期間閱讀並筆記下來的聲音。譯讀這些女詩人作品是我梭巡世界詩行旅的一部分。交錯穿置在以國度別、主題別的譯讀之間，也在本國詩與世界詩之間。

這是隨興的譯讀之旅，不是計畫性縝密的觀照，不是為學術而是為閱讀。在閱讀經驗裡，擷取感動我的女詩人作品，試著從她們的詩以及身世追尋、時代感覺和精神的投影，與不同國度的世界女詩人對話，探尋她們語言編織的抒情和批評情境，生命涵養的流露，她們在自己國度以及經歷時代的見證。這原只是我自己詩人之路的探尋，也分享給喜歡詩，對詩仍懷有喜愛之意的人們。

從亞洲的日本，石垣鈴、新川和江和吉原幸子的抒情，反映了日本這個亞洲先進國家，經歷二戰的戰敗傷痕，女性持有的特殊細膩視野。而韓國的姜恩喬，呈現的是一個後進國，奮力向前的堅毅一面。越南、印度、孟加拉是相對東亞的南亞國家，都被歐洲列強殖民過，獨立後的後殖民現象在女詩人林氏美夜、香帕、塔斯麗瑪的行句裡，有著一種特別的情境。澳大利亞和紐西蘭的莉莉·布蕾托和克莉絲汀·孔拉德，一為猶太裔經歷二戰浩劫的移民，後來又移民美國；另一為原住民毛利人，被包含在澳洲這個大英帝國殖民者後代建立的國家，也有特別的心靈風景。

從亞洲、大洋洲，探看中東及非洲，南非的英格麗·瓊寇是白人專政時代同情黑人處境而倍受打擊的女性詩良心。土耳其的雅甸·慕特露也在她所屬的國度積極介入社會的見證。伊拉克的米克亥爾，後來流亡、移民美國，她的經歷反映了受難經驗。以色列和巴勒斯坦的內部殖民以及獨立抗爭，在拉薇蔻薇苣、尼達·柯麗和瑪列娜·布蕾絲特的詩裡有著血與淚交織的心境與風景。

歐洲是近代世界文明的母音，從葡萄牙這個大航海時代的海洋大國，穿經法國、英格蘭、愛爾蘭，到波蘭、羅馬尼亞、立陶宛、芬蘭，從歐洲之心到經歷紛爭的東歐，以至北歐冷冽的國度，不同國度的女詩人見證了不同的歐洲性。蘇菲亞·梅洛·布萊尼爾、班寇亞特、卡萊爾·瑪候、喬·莎布寇特、伊亞凡·波蓮、安娜·史威忍辛思卡、伊娃·麗普絲卡、尼娜·卡善、米留絲凱蒂、麗娜·卡達加芙歐麗，一國一地的歐洲女性詩，譜現了各自的細膩心。歐洲南北的空間差距是地理性的，不同的政治發展則有歷史性的烙印。

美洲從北往南，北美的美國、加拿大，和中美的墨西哥、南美的巴西，分別是英法語與西葡語的國度，不同的政治歷史發展出不同的社會條件。來自歐洲的文化和美洲本身的文化，交織成既具英、法、德、西、葡的歐洲性，又有美洲馬雅、印地安等原住民，甚至殖民時期引進黑人奴工而留有的非洲性。安德烈·里奇、麥拉·史克拉蕾、琳達·葛莉格、佩特拉，莫斯坦因、卡絲特·蘭歐思、娜塔麗亞·托雷多、阿德里亞·帕拉杜，繽紛的女性詩風景映照繽紛的美洲。

葡萄牙女詩人蘇菲亞·梅洛·布萊尼爾在這本書中，有一首〈繆思〉：

繆思教我們歌
被尊崇的和原初的
為每個人
被所有的人相信的歌
……
繆思教我們歌
那使我們梗著喉嚨的歌

英格蘭女詩人喬·莎布寇特也有一首〈繆思〉在這本書中：

當我親吻妳身體裡
所有可摺曲的地方，妳弄出像狗的噪聲

幻想著，幻想著漫長的奔跑，他對一些回答撼動他的激素。

繆思以不同的形貌、心性，隱藏在詩歌裡。每一首收錄在這本書中，每一位女詩人的詩，都可以說是繆思的聲音。因為繆思就是詩人對之企求的神祇，每一位女詩人傾聽繆思口授，小心翼翼地記下行句，繆思的不同形貌成為每一位女詩人的不同形貌，反映了不同世代、不同時代、不同國度、不同個性的詩的聲音。抒情和批評也因為這些不同的女詩人，不同的際遇和情境而呈顯不同的面向。是繽紛世界的形影，也是繽紛世界的心跡。

聽，聽，繆思的聲音。聽，聽，世界不同國度的女詩人詩裡的信息。女性詩、女性心，就是這樣廣闊的世界。

目錄

中東·非洲篇

歐洲篇

美洲篇

The Voices of Muses

亞洲・大洋洲 篇

日本╲**石垣鈴**

日本╲**新川和江**

日本╲**吉原幸子**

韓國╲**姜恩喬**

越南╲**林氏美夜**

印度╲**香帕・瓦依德**

孟加拉╲**塔絲麗瑪・娜斯林**

澳大利亞╲**莉莉・布蕾托**

紐西蘭╲**克莉絲汀・孔拉德**

庶民性，生活視野

日本／石垣鈴（一九二〇～二〇〇四）

四歲喪母，高等小學畢業後，進入日本興業銀行擔任事務員，以負擔家計、扶養弟妹。二戰後，持續於銀行工作至一九七九年。在《銀行職工詩集》開始發表詩作，以職工詩人的身分受到注目，一九五九年出版詩集《飯鍋菜鍋爐火紅》。一九六八年以《門牌》獲H氏賞，一九七九年以《略歷》獲地球賞，一九七二年以《石垣鈴詩集》獲田村俊子賞，也出版過多冊的散文作品。

她以庶民性，女性面對生活的視點以及觀照社會的視野，生活感覺以及平實的語言風格，深受日本人喜愛，教科書也常收錄其作品。

島

我在一面穿衣鏡裡站著。
孤獨一人，
小小的島
和每一個人隔離。

我知道
島的歷史
和尺寸，
它的腰和胸以及臀部，
並且按季節的變化穿著衣裳。

它的鳥群叫喚聲

它隱藏的春天
花朵的味道。

我
住在島上
我照料它並讓它生長。
然而，
真的知曉這個島是不可能的
也無法
停留在這裡

在一面穿衣鏡裡
我把自己
塑造成
遠方的島

重荷

當我攜帶一個重物
一個力量在運作著
「它會掉落。」

在危險的邊緣，天空的懸崖
大地夠仁慈
得以承受
它的掉落。

所以
愛對於我們
常常是
沉重的。

名牌

你會在門口
掛上名牌。

其他人掛上
不會帶來禮物。

我住院時
病房的名牌
標示石垣鈴小姐。

如果你投宿旅館
你不會有名牌
但若有一天你到了火葬場

牌子會被掛在
關上的門扉。
標示石垣鈴，先生。
你能拒絕嗎？

既非小姐
也不是先生
都這樣處理。

你一定會在門上
掛上自己的名牌。

精神活著的場所
名牌不會任由他人掛上。
石垣鈴
就這樣。

童話

多桑死了
放一條白布在他頭上。

就像覆蓋
食物。

每個人哭泣
也許那是他不能承受的滋味

卡桑死時
我也會放一條白布在她頭上
就像是熟悉的

三餐。

而當我死時
我會死得像個行家
像精緻美食
在一條白布下。

魚、雞和牛
牠們死得這麼美味，這麼美好。

以日常生活抒寫自由和愛情

日本／

新川和江（一九二九～）

日本茨城縣人，在就讀女校時，曾受到詩人西條八十的啟發。後來加入《地球》詩刊，也曾與吉原幸子創辦女性詩誌《LA MER》（海），並擔任過日本現代詩人會會長。

新川和江的詩以日常生活抒寫自由和愛情，語調溫馨，有《睡椅》《羅馬之秋及其他》《夢裡夢外》，隨筆集《草莓》等作品。

新川和江和台灣的詩人陳秀喜、陳千武、杜潘芳格等相識，經由亞洲詩人會議及《亞洲現代詩選》的因緣，造訪過台灣。

較陳秀喜、杜潘芳格年輕的這位日本女詩人，作品不折不扣是女性的。女性的視野、女性的意識——或許不是新女性所強調的——在堅毅中有些柔軟，在柔軟中有一些堅毅。

歌

一個女人第一個孩子出生後
從她的唇流露出來的歌
是世界最甜美的歌
它安撫了遠方狂暴之海的野生動物鬃鬚
它使星星熄滅
它使流浪者回望他們的旅程
它點亮甚至風也遺忘的
荒谷裡蘋果樹幹上的紅燈籠
喔，假使不是這樣
為何一個孩子要出生呢？

眼睛

眼睛
捕捉破曉的第一印記
捕捉「物件」和「形影」
捕捉信號給出並且傳送
而且我在的地方
比我的其他部分更快速更清晰

眼睛
顯露鏡中之霧
揭示夢，揭發陷阱
月亮的洞穴
裸體的國王
眼睛閃耀著像彈簧刀

眼睛
因眼淚而濕潤
看著心開啟的創傷和它們所有的痛苦
濕潤來自「問好」；濕潤來自「道別」
來自年輕不知名兵士的死亡
來自其他人家庭的快樂之光
就像雨中兩顆葡萄

眼睛
擁有夜晚的美麗光輝
擁有玫瑰、地平線
某個仁慈的人寄來的信的語字
保持這些意象
在我的眼瞼
在邊緣的睫毛

血管

我擁有的黑暗是深沉而巨大的，
甚至比萬年蓄積的所有夜晚
還大得多。
它來自哪？又到何方去？
這是一條河流，而一隻遠古的狗
可以努力地聽見它的聲音。

有一天我聽見祖父咳嗽
有一天我聽見一個還未出生的嬰兒哭叫
我母親的故事和我母親的母親的故事
一遍又一遍地被訴說。

在那兒那些已經在
這條河流上方的霧中消失的人
哼唱著兒歌
我的哥哥，我的妹妹，
許多我童年時代的堂表兄弟姊妹。

流淌著，
在哀愁中凝結著
在歡樂中起著泡沫
一個圍築在內裡的磨坊不停歇地過濾著
絕不停止下來
即使是最短暫的休息。

髮

有些早晨我不能綁起頭髮
像某些人田裡的大麥。
我不會偷它，但我撒播
而且看起來不能做得好。

有些時候晚上我的頭髮放開來，
攀高一座丘陵和匍匐進入一個山谷
像長春藤覆蓋著一座城堡
阻擋我的視野

它是我的嗎？
當我入睡時

當我醒來和鬱悶時
這執拗的草繼續生長。

它生長的場地
一定是我的。
但看起來像有人種植它
日與夜都能看到它
從一個我不知曉的地方。

寂靜覆蓋一切

日本／

吉原幸子（一九三二～二〇〇二）

吉原幸子是出生於東京，在東京成長的日本女詩人。畢業於東京大學法文科，一九六四年出版第一本詩集《童年連禱》，即獲室生犀星賞，第二和第三詩集也都獲獎。

早年，她短期參加劇團「四季」，作品以敏銳的感受性著稱，透露女性深邃的情念，極富戲劇張力。

除了詩集《夏之墓》《夜間飛行》《我看見山鳥的日子》《晝顏》，也著有隨筆集《吃花》《厭惡玩偶》，還出版過兒童小說和翻譯文學，以及一些劇本。

她擅於朗讀作品，具有生動的表達與感染力。

日落

雲彩飄落
在我身旁
鳥群染紅
在我身旁
海漫延開來
在我身旁
不多久
萬物合而為一

手指紋
無味道的時間
死神走動

螞蟻睡了
在我身旁
風顫顫發響
在我身旁
不多久
夢走了
而寂靜
覆蓋一切。

復活

我殺愛人不會置之死地　這是自我保護
我把槍指著你就像瞄準我的心
以罪的熱度和罰的冷度
一道裂痕在我內裡形成　我必須割開　從那兒
一個洞張開像一個幻影　並連結延伸到死亡
　也許平靜無波
世界傾斜滴落著的靈魂　尾隨著
在窗戶旁邊的是　一個窄狹的孤單囚房　也許
死亡並不平靜　燃燒著的死亡　燃燒著的生命
在雨中　因自己的水珠而潮濕　蜘蛛的
描繪　走出狹隘　閃耀著橢圓形的零

無題

風吹動著
樹站立。

是的，夜晚就像這樣
你站立，像樹。

風吹動著
樹站立，聽得見聲音。

孤單地，我昨晚在浴缸裡
玩著肥皂泡泡

吹著泡泡像一隻蟹
在微濁的水中

一隻蛞蝓
在潮濕的磁磚上爬行

是的，昨晚就像這樣
你爬行，像一隻蛞蝓。

我在你身上灑鹽
你消失不再留下來。

害怕的是什麼：活著
或不活著。

又一次，春天來了
又一次，風吹動著

我是一隻被灑了鹽的蛞蝓
我不存在，不在任何地方。

一定是肥皂泡泡
帶我離開。

是的，夜晚就像這樣
我被帶走，我。

對著陽光的味道醒來

韓國／

姜恩喬（一九四五～）

姜恩喬是當代受到矚目的韓國女詩人。

攻讀英美文學，獲延世大學博士學位，並在大學教授文學的她，出版的詩集包括《一個旅人的睡眠》《無》《草葉》《窮人日記》《你是一條深河》。

她的詩具有一種獨特的女性視野，觀照生活，而有堅毅的特質，具有生命力，她也關心社會和公共事務。呈現介入的色彩。

杜鵑花

一滴孤零零的眼淚，
在淚海之外你未察覺時我哭泣的，
最暗鬱的深紅色悲傷
深深滲入，滲入土地裡而
玫瑰又綻放在四月天。

一灘在某個人丟棄的血
流淌在河床，那河床
被風吹得乾乾淨淨，一整年乾乾淨淨
對著昨日天空的味道
對著陽光的味道我醒來。

杜鵑花，杜鵑花。
每個地方的杜鵑花。

婦人

她每天早晨出現
海在她頭上。

新鮮牡蠣要賣喔，新鮮牡蠣！
她叫嚷著像陽光一樣，

皺紋形成波浪
雖然那兒沒有風的吹拂，

雙手布滿雷電暴雨的烏雲。

什麼時候會下雨？

什麼時候會下雨？

她堅實的屁股
擺動著浪波。

比黑暗快速，
比一隻鳥更明亮，

太可愛了，太可愛了，
她在太陽旁邊邁著大步。

一首詩的探訪

有一天當陽光穿經風的隙縫灑落，他徐徐地接近我並且說：「試著描繪我的臉。」我從一個秘密藏匿之處拿了一支鋼筆和一張乾淨的白色紙張，並且小心翼翼的開始描繪著一張圈圈。陽光、風的氣味，星光……一個塗抹的圈圈。搖一搖他的頭，他消失了。冷冷的雨無休止地滲入我的背脊。無休止地，霧哀求我站起，站起來。

有一天正當雷電交響之際，他又接近我並且沙啞地說：「試著描繪我的臉。」我從抽屜取出一隻鉛筆和橡皮擦，並且放在白報紙上開始描繪他的頭髮。強風、狂暴、歷史、時代……，一頭蓬亂之髮。他以藤般的手臂搖晃我描繪的頭髮，他消失了。冷冷的雨無休止地滲入我的背脊，無休止地，霧哀求我站起，站起來。

有一天當黑暗突然打開它的口，它又再接近我並且說：「試著描繪我的臉。」我拿出一支紅鉛筆在書寫紙上描繪他的雙眼。沙，石頭，眼淚、時間……他深不可測的憂鬱眼睛。「不！不！」他突然張口吼叫。然後消失了。冷冷的雨，冷冷的風無休止地滲入我的背脊。無休止地，霧嚴肅地哀求我起來，站起來。

有一天當一張既非他的也不是我的臉在黑暗中消失，我們永遠被背叛的一天。

雨雪

雨雪落下來
不能落得像雨
不能落得像雪
飛濺著並旋轉著
在消散中編織著
落著不留一絲痕跡
我繞著街道奔跑
精靈，無休止的精靈
雖然他們躍升又躍升
那兒沒有天堂
只有受苦的靈魂。

霧在霧裡面到處吹拂。
黑暗在黑暗之前瀰漫。
漂流著血塊也漂流著肉塊
被丟擲四處
那兒有人慟哭離去
另有人到來

雨雪落下來
不能落得像雨
不能落得像雪
在黑暗的宇宙
他們
有一天落下像雨雪般飛濺
但另一個瞬間，一個呼吸的氣息，
他們是花朵。

編織夢想，描繪希望

越南／

林氏美夜（一九四九～）

越南廣平省人，現居順化。她是越戰時期成長的一代，內戰時，在廣治和承大的青年團和女性工作團體服務。一九八三年畢業於作家學院，一九八八年在蘇聯時期的莫斯科高爾基大學取得文學研修學位。從事新聞記者和編輯工作，並多次出任越南作家協會執行委員，也擔任過主席。

得過許多詩的獎項，出版過多部詩集。包括《無日期的詩》《拾起一些歲月》《土地的知名的歌》《小鹿和溪流》《母與子》《獻給夢》等，她的詩在現實的憂慮中帶有憧憬，在苦難的情境裡懷有美好的希望。

她和意兒（女，一九四九～）、春瓊（女，一九四二～）、阮科恬（一九四三～）、阮德貿（一九四八～）、范進鷸（一九四一～）、三位女性和三位男性詩人有英譯詩選《*6 Vietnamese poets*》，自己也有英譯單行本《*Green Rice*》。

這一代詩人在戰火中成長，有特殊的人生體驗；也在社會革命的浪潮中穿越，有特殊的思想視野。砲火停息後，她（他）們的詩歌成為世界觀照越南意象的窗口。

戰火的洗禮鍛鍊出林氏美夜的詩心靈，她從土地孕育詩的花與果實。不放棄人間之愛，在友情、親情與愛情中，她以詩編織，在行句裡透露她發給她自己國度人們尋覓和探索的信息。

畫面

三個小孩圍繞他們的母親
以一條小小打結的繩子護守
她憂慮她不再能看顧他們時
他們會從她身邊走失。

她搜尋每隻小小的手
以戲弄的水潑弄他們可愛的身體。
孩子們，她說，讓我繫住你們的手。
千支針刺痛她的心。

她憑感覺在險惡的夜晚摸索她的路
她最小的孩子緊緊環抱她。

在他們最後時光他們不能了解
他們的母親在心裡為他們築了一個巢。

這個家庭如今已相聚
但感覺像石頭雕塑的一個雕像。
當悲傷充滿深藍的天空
旁觀者的眼睛充滿深深的寂靜。

無題

在我自己的田野
我採集、飼育、播種
我小心翼翼保存魔幻的種子
想著它們會變成黃澄澄甜美的水果。

但後來我回頭看
吃了一驚
並且空虛
因為我已把那些種子播在不結實的自己。

漂石子

單獨一人和藍色潭水
我漂著石子，和浪花嬉玩。
一個藍石子刮過天空，
白色水花濺起閃入空氣中。
石子提供翅膀給浪花
或許浪花讓石子飛翔。

玩著我童年的遊戲
我再度與我消逝的青春相遇。
當他們上上下下相互追逐，
浪花嬉笑，石子躍入潭裡。

是否只有我能把我的孤獨收集到
石子裡並且讓我的憂愁開懷歡喜。

獻給一個夢

一隻鳥帶來一個夢而且飛離了。
一個小男孩在有星星的夜空下睡覺；
他沒有煩惱。
昨夜你夢見什麼？
我夢見我變成一隻鳥。
在夢中鳥的聲音是怎麼的？
在夢中這隻鳥是安靜的
像一尾美人魚，
牠充滿喜悅的歌
綿延一生
就像獻給一個人的禮物。

飛經成千個夜晚
飛經成千個星星
留下閃閃發光的魔幻色彩
花朵的樣子就像手指頭和手——
睡吧現在睡吧
現在睡吧。

這個男孩是誰？
我就是。
這隻鳥是何許？
我就是
這個夢是什麼？
我就是。

昨夜

我夢見我變成我自己，
我夢見我變成一隻鳥，
我夢見我變成一個夢。

我被呼喚到某個地方

印度／

香帕．瓦依德（Champa Vaid，一九三〇～）

是詩人，也是畫家。在印度出生的她，在印度受完大學教育後，在美國波士頓大學留學，與印度（Hindi）語作家結婚，德州定居。

已出版多部詩集的香帕．瓦依德，在文字和色彩的世界穿梭。二〇〇六年開始畫畫後，已在印度新德里以及美國舉行多次展覽，是一個七十六歲以後才登場的畫家，色彩成為她語言文字之外，最好的朋友，也是她的夢。

她有四部北印度（Hindi）語詩集，一本英語詩集。在詩與畫交相映照的人生捕捉並呈現跨越不同國度的生命光影。

我被呼喚

我被呼喚
到某個地方
去購買時間
去植夢
去聆聽骨的樂音
去領受沙的祝福
把我的絕望掛在樹上
夾住一隻獅子的嘶吼
給叢林的寂靜一些語字
去扒取銅幣
從我祖母的祭祀神像
我被呼喚　到某個地方

我的眼睛變得使壞了

我的眼睛變得使壞了
我看到一隻孔雀在一隻大蟒蛇口中
而一隻大蟒蛇在一隻孔雀裡
樹葉在床上
而一張床在樹葉中
我害怕菜販
因為擔心我會看到一個葫蘆在一個番石榴裡
而一塊岩石在一個葫蘆裡
我害怕我會看到
紙張在水裡
而水在紙張裡
但就現在我確定我會看到　一隻鳥在一隻鳥裡。

我媽媽的訓誡

不要裸身沐浴
妳是個女孩記得
不要和男孩子玩耍
假使妳深視他們眼睛
妳會想念戀眷
不要一個人外出
不要和妳朋友的弟兄談話
做妳的家庭作業
當妳從學校回家時
每天早晨重述妳的祈禱
除了教科書以外
不要閱讀其他任何東西

不要碰觸詩和小說
不要惹妳的兄弟
愛他們
不要和妳父親
更絕不能和親戚
談論沒有用的事
記得妳是一個女孩
就做妳被吩咐的事
學習烹飪
和忍耐

一個女人的自傳

我躺在床上
像一隻母牛
反芻著細想

我畏縮於
那些像在黑暗中的
日子

我像
一塊肥皂
被消磨著

我感覺
像在雨中
被消溶著

我想離開床的範圍
搜尋
甚至為我
想到微笑時

我的詩篇
像雪一般飄然而來
當黑色的貓
像一隻獴移動
在一隻鳥的影子下方

2006

那嘶嘶聲使我想要起舞

孟加拉／

塔絲麗瑪．娜斯林（Taslima Nasrin，一九六二～）

塔絲麗瑪．娜斯林是孟加拉特殊的女性聲音。

出身醫生家庭的她，也是醫生，曾是孟加拉首都達卡醫院的麻醉醫生。在學生時代就寫詩和小說。

因為揭露孟加拉婦女的真實聲音，她得罪保守分子。她在詩裡呼喚世俗、非宗教，並要求宗教人性化，因此伊斯蘭基本教義派分子要求審判她，也被懸賞謀害，因而她出走到接受她政治庇護的瑞典。

一九九四年，歐洲議會頒予她第一屆沙卡洛夫人權獎章，獎勵她對思想自由的貢獻。

出版十多部詩集的塔絲麗瑪．娜斯林，曾來台灣參加詩歌節，她不能回到孟加拉而選擇鄰近印度的加爾各答居留，但常受當地保守分子要求驅逐她的威脅。

邊緣

我正要走出去。
我身後的家人叫喚著，
我的孩子正拉著我的紗麗衣布，
我丈夫站著敲擊門扇，
但我一定要走。
前頭除了一條河並無其他，
我要渡河。
我會游泳但他們，
不讓我游，不讓我渡河。

河的對岸
除了廣大的田野外一無所有，

但我要碰觸這樣的空無，
而且迎向風奔跑，那嘶嘶聲
使我想要起舞。有一天我將舞蹈
然後回返。

我從未像童年一樣
離開數年去遊玩。
有一天我將引起大騷動離家嬉遊　然後回返。

我好幾年不曾埋首在孤寂的裙裾哭泣。
我要找個人哭說我的心事　然後才回返。

前頭除了一條河並無其他
而我會游泳。
為什麼我不能去？我一定要去。

進步的背後……

坐在冷氣辦公室的傢伙
就是年輕時強暴整打年輕女子的男人
而在雞尾酒會上，他的秘書被色欲侵犯
他的眼睛緊盯著有些美色的下腹。
在五星級飯店裡，這傢伙經常
　與不同的女人性交
　嘗試他的不同滋味。
這傢伙回到家打他的妻子
　為了一條手帕
　或一件襯衫的衣領。
這傢伙坐在他的辦公室裡與人民交談
　口銜著香菸

並翻著卷宗。

他按鈴叫喚他的雇員
叱責他
命令工友送茶
送飲料。
這傢伙對人民使性子發脾氣。

這個雇員是百般低聲下氣
沒有人知道或猜得出
他在家裡音量會提高多少，
他的話語說多邪惡就多邪惡
他的品性多卑鄙就多卑鄙。
呼朋引伴，他買了幾張電影票
並且踢著門廊外邊，任恣地

高談闊論政治，藝術和文學。
有人在監獄自殺　他母親
　　　　　　　　或他祖母
　　　　　　　　　或他曾祖母

回到家裡他打他妻子
為一塊肥皂
或嬰孩的肺病

這雇員帶了茶葉
他口袋裡帶了打火機
並倒一杯酒犒賞自己：
他因第一任妻子未生育而離婚，
因為第二任妻子生了個女兒，
他離掉第三任妻子則是因為沒嫁粧。

回到家裡，這傢伙打他的第四任妻子
為了一杯綠茶或一把要煮飯的米。

夏娃喔夏娃

為什麼夏娃不能吃這水果？
夏娃沒有手能摘到它嗎，
手指握成拳頭；
夏娃沒有會感到飢餓的胃、
會感到口渴的舌頭、
能愛的心？

但為何夏娃不能吃這水果？

為什麼夏娃經常壓抑她的希望，
要節制她的腳步？
要克服她的渴望？

為什麼夏娃要這麼被迫
要和亞當在伊甸園內度過他們一生？
因為夏娃吃了這水果
　而那是天和地，
因為她吃了
　而那是月亮，太陽，河川和海洋。
因為她吃了，樹林，植物和藤，
因為夏娃吃了這水果
　而那是歡樂，因為她已吃了而那是歡樂
歡樂，歡樂——
吃了這水果，夏娃造了一個地上的天堂。
夏娃，假如你摘到這水果
　不要禁止自己吃。

另一種人生

婦人們蹲在門檻消磨午後時光，
互相抓對方頭髮的蝨子，
她們餵小孩吃飯
並哄他們在油燈的微光裡入睡。
夜晚的休息是獻上她們的背
讓家裡的男人毆打或踢
或半裸地仰臥在硬木床——

公雞和婦人們的黎明時相互問早。
婦人們彎身到爐灶升火，
以五個手指輕拍穀物籃的背面
而以兩隻手指挑撿石子。

婦人們以大半生挑撿米中的石子。

石子壓著她們的心，

沒有人用兩隻手觸探她們的心。

在薄霧中的哀傷低語

澳大利亞／

莉莉．布蕾托（Lily Brett，一九四六～）

布蕾托是猶太裔澳大利亞人，出生於德國。二戰期間，布蕾托的父母被關入波蘭的奧茲維茲集中營。戰後，布蕾托在德國的一個收容營地出生，兩歲時，隨父母移民澳大利亞的墨爾本。

浩劫的主題一直出現在布蕾托的詩裡。父母的經歷成為她書寫的泉源，她在梭巡的父母記憶、人與人的關係，探尋生命的處境。父母的人生存續在她的詩語裡，行句中流露輕描淡寫卻深刻的意味。

童年就離開德國的她，在澳大利亞成長，寫詩也寫小說、寫散文，並曾為音樂雜誌記者。一九八九年，她和畫家丈夫移居美國紐約。德國、澳大利亞、美國三個國家交織她的生涯情境。

我偷了

我從父母親
偷了人生
他們失去他們的

而且從未復元
我是一個叛逆者
因為只是附身

我有過青春
我有過雙親
我有過承諾

我含混
處理並且拋棄
大多我擁有的

一個扭曲的
雙面
食言者

試著
致力於
正直

在急診室

在急診室
任何人開啟我的手提包時
會知道

我是被愛的
我屬於某個人
人們會關心我

我不要成為
芸芸眾生
一個編號

一個被遺忘的人
一個失蹤的旅人
一個陌生人

一個多餘的人
一個無關緊要的
存在。

一個批評家

一個在墨爾本的批評家
說我必須離開
星星和月亮
把那留給次要的詩人們

但我已經有了
一種憧憬
去干預火星
去修護星群

去造訪
天空

把眼淚
流落
月亮

我願
我能忘掉
那批評家

一張照片

我有一張
在奧茲維茲的
兒子照片

他要我
帶他
去旅行

他站在
第十一區的
庭院

他高高的顴骨
和
肩胛
像
被耗費的
生命

他看起來
如此蒼白
瘦削

就如世外之物
像薄霧
或低語

KAO 2014

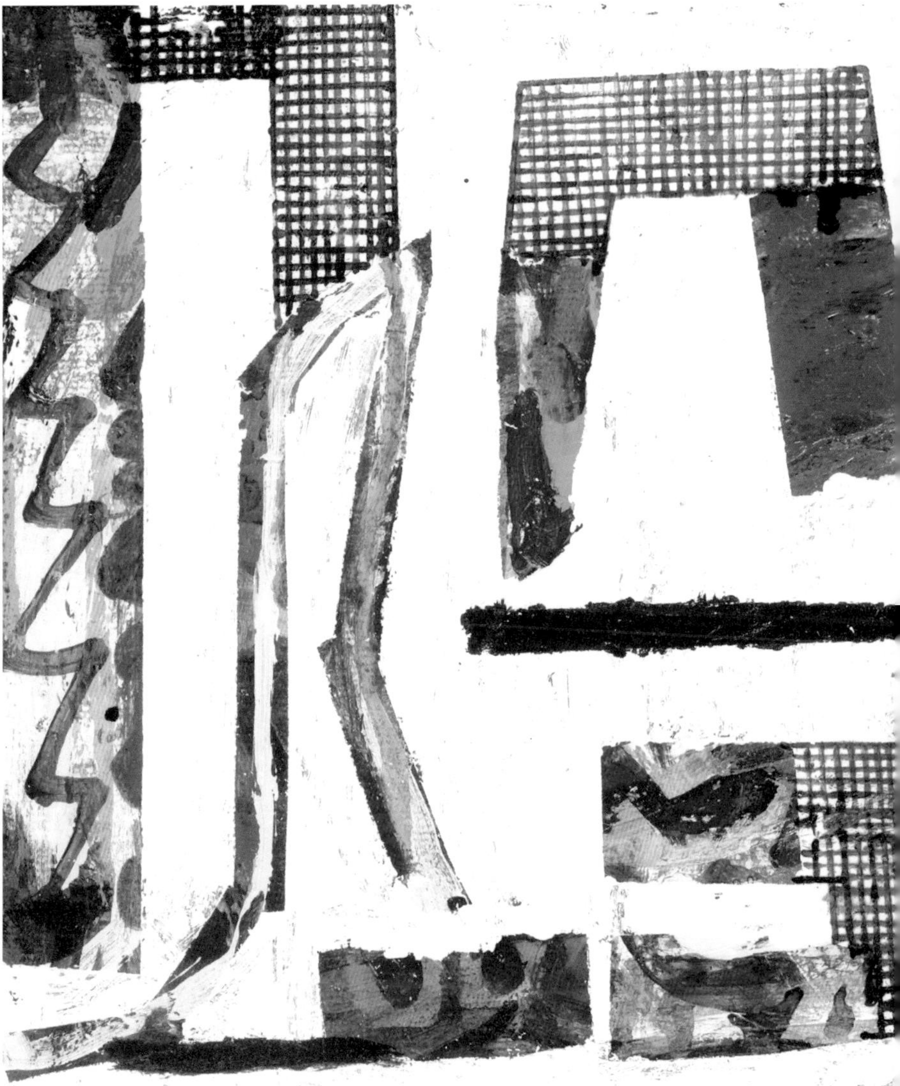

觸撫著青草的女性之狼

紐西蘭／

克莉絲汀．孔拉德（Christina Conrad，一九四二～）

克莉絲汀．孔拉德是一位毛利人，一位紐西蘭詩人，也是一位畫家。她被視為當代紐西蘭偉大藝術家，也是一位偉大的反中心，偏離主流意識的藝術家。一位被苦惱纏住的詩人、劇作家和「局外人」畫家、雕刻家。

身為一位原住民族的紐西蘭女詩人，她以各種藝術的、文字的或圖像的作品，表現自我。

憤世嫉俗，在現實中追尋她的夢。大膽又狂野的筆觸不只顯現在形色光影，也呈現在語言文字意象。她的詩習慣於無標題，以小寫字母開始，極富個人色彩，又反映原住民族個性，像披戴一道彩虹的狼。

我是兇惡的狼

我是兇惡的狼
兇惡的兇惡的
一隻兇惡的狼漫步著
一隻兇惡的狼正觸撫著青草
我是兇惡的
兇惡的
一隻兇惡的狼披戴著一道彩虹

注：本篇三首詩標題為譯者所加，引自詩的第一行。

我有一個夢

我有一個夢
夢見我製作的一張椅子
椅背就像移動的水流
　它有兩個橡樹果般的把手
　　它們開著
裡面刻畫了一個小小的基督
　他的陽具長長橫置著
　我感知這個夢
　　我不知那意味什麼
我想畫一個拿一籃麵包的
　小小神職人員
他正走在有大石頭的一條河畔道路

我想畫露出陰部和胸脯的女人
我們的女主人要我們前往
我們不能找到的地方
我和我孩子搭一艘大船前去
一陣暴風雨
我們和一個男人停留
我不喜歡他
隔天暴風雨走了
我們找到一間房子
就在這路的下方
我的第二個小孩在這兒出生

我無法畫這個女人

我無法畫這個女人
你的陽具硬挺在她的頭上
她的指甲是白的
　我的是黑色
這棵無花果樹有刺
　這兒沒有一點光
　這兒沒有一點光
這棵無花果樹有刺
她的陰核是暗紅的
我無法畫這個讓你陽具
　硬挺在她頭上的女人

The Voices of Muses
中東・非洲篇

南非／**英格麗・瓊寇**

土耳其／**雅甸・慕特露**

伊拉克・美國／**米克亥爾**

以色列／**拉薇蔻薇苣**

以色列（巴勒斯坦）／**尼達・柯麗**

以色列／**瑪列娜・布蕾絲特**

漫舞的黑蝶

南非／

英格麗．瓊寇（Ingrid Jonker，一九三三～一九六五）

英格麗．瓊寇，只活了三十二歲，是在開普敦的一個海灣，於夜晚走入海裡結束自己生命的。她的榮光是：一九九四年南非曼德拉當選總統時，於就職典禮朗讀了她的詩：〈這個小孩在奈安加被軍人射殺而死〉。

一位南非白人女詩人，以南非荷蘭語寫作，父母從小離異，一起生活的母親在她十歲時就已過世，因而被迫和父親同住。自由開放的英格麗．瓊寇富進步思想，與保守專制的父親不合，她詩中的批評意識經常觸犯在政府思想控制部門任職的父親。不美滿的婚姻也影響了英格麗．瓊寇，在她逐漸贏得名聲後，伴隨的卻是焦慮。在一些文藝獎金的挹注下，她開始旅行，去了英國、法國、荷蘭、西班牙、葡萄牙等國度，都未能撫平她的心靈，她的愛欲悲歡交織在她個人的經歷與南非白人高壓統治的社會情境之間，既呈顯了私密的特色，也表現了政治控制。

短暫的生命，多冊的詩集，傳奇的人生，形構了英格麗．瓊寇多采多姿的遺產。二〇〇四年，南非政府表彰她對文學的貢獻和為南非人權和民主的奮鬥。二〇〇五年，南非歌手為她的許多詩譜成歌。二〇〇七年，英格麗．瓊寇的紀錄片發行，她的傳記和她譯介成多種語言的詩也傳播到世界各個國家。

二〇一〇年台灣上演的《黑蝶漫舞》（*Black Butterflies*），展現了這位南非女詩人短暫、耀眼、熾熱的人生，感動了許多知道她和不知道她的人。

這個小孩在奈安加被軍人射殺而死

這個小孩沒有死
這個小孩攤開雙拳撲向母親
她喊叫非洲！喊叫自由的
氣息和在封鎖的中心地帶的草原

這個小孩攤開雙拳撲向父親
在各個世代人群的行進中
他喊叫非洲！喊叫正直的
氣息和他群眾集結的光榮街道的血

這個小孩沒有死
既不在蘭加也不在奈安加

既不在奧蘭多也不在夏波威里
不在菲律比的警察局
在那兒他因槍彈射穿腦部而躺下

這個小孩是軍人群的陰影
以長槍和棒棍的隊伍警戒
這小孩全然是群眾和法律給予的禮物
這小孩穿經房屋的窗凝視進入母親們的心
這小孩只想在奈安加在每個地方的陽光下嬉戲
這小孩長成男人要旅行全非洲
這小孩成長會有穿經全世界的浩翰旅程

無須一個死亡

注：奈安加、蘭加、奥蘭多、夏波威里、菲律比均係南非的城市。

當你再度書寫

當你再度在日記書寫
記得
看看夏日太陽下的金色樹葉
或許也看看藍色石蘭花
在一個我們漫不經心的漫遊
在特柏山
我就是那把血
和里斯本的傍晚太陽之血混合的人
已經與你形影不離像一面鏡子
而我已書寫了你
在我荒廢的
空白之頁

你的名以名狀語字
當你再書寫在你的日記
記得
看看我的眼睛
如今我以黑色蝴蝶
永遠將太陽覆蓋

注：特柏山為南非開普敦的一座山。

狗

我躺在你的手下方——一隻野狗
在狂吠著的寂靜中
在啜泣著的月光下
蔓延在群星之中，她
正恐懼著
白人來了而又走了。

（我也想去捕獵野兔
橫越我自己的乾燥臺地
橫越我焚燒著的平原
從紅土到紅土，喔
你雙手的白色平原！）

今夜以我顯露的牙齒我將
撕扯月亮的狡猾韻律
傾聽我的甜言蜜語和冷漠疏離
我長長的回音吠聲
從我形同狗屋的白色月亮，白色主人在這夜晚。

思念開普敦的家

她以她大腿之間的盈滿庇護我
她說我的咽喉不會被割裂
她說我不是存在於家庭枷鎖
她說我不是死於奔馳　愛的飢渴
她不知我飢餓
她不知我害怕
她不知家庭枷鎖和黎明時公雞的啼叫是一對
她是我母親
手持茶杯她害怕特柏山
而她的雙手是冷的一如湯匙

冷凝的反抗

土耳其／

雅甸．慕特露（Ayten Mutlu，一九五二～）

雅甸．慕特露出生於土耳其北方的班德爾馬（Bandirma），十歲時就開始詩和小說的寫作，並在高中時期參與政治運動，大學時代研習經營管理，畢業於伊士坦堡大學。曾任職土耳其中央銀行，現已退休。同時是一位政治運動參與者，致力於女權運動，已出版多部詩集。

她的詩反映了她自己的內在鬥爭，也反映了她的反抗和政治見解。精簡、冷凝，意象在聲音和意義的交織中發亮並強而有力。期盼作品在世界被人們頌唱，並觸及人們的心，在農莊、家庭、工廠和監獄。

雙耳長頸瓶

你問我時光之名
一面海洋的死亡躺在你的寧靜裡
時光和我，我們彼此多麼相似，我說
我們揹著冷然的石頭而不厭倦
一條河引導一個人生

我說「開啟我的雙眼」
以失去名字的一個旅客的聲音
開啟那古老旅程的語字符碼
因為每個故事旅客都被要求
裂縫必須我或有人讀取

遷徒

I

憂愁
叫喚我
一片秋天的葉子醒來
在我內裡
飄動

渴望
去旅行
去探觸那未探觸的
創傷
帶著我的聲息

為了探觸
一顆遠離的心
我尋找
我的手
在死亡的歷史
在地層下
成熟

II
一隻燕子的
遷徙
陰影
被黃金的粉藍
承載

脱卸
腦海裡
蒼白的
顏彩

攜取並投擲我
到一片葉子的
歷史
書寫
在風中

時光和你

時光是水
你是呈現其上的生命

以風暴之翼
你正進入我的居所
進入我孤獨的心

你正帶著一座花園擁著它的手
一座學習了鳥群語言的花園
一座知曉花朵的花園
一座有流淌之河的花園

等待著鳥群來臨的時候
你正在離開
留在我手裡的是
一座荒蕪的花園
一座已經遺忘夢想的花園
翅翼在水裡的聲音正在消失

人民

在大地和天空之間渺小的屋子
呢喃細語的房間，半開的窗
器具，椅子，一張破損的桌子
小小的習性，疲累的嗜好
一些塵埃，一個日午的陰影
而時光傲然地坐在角落的椅子

在緊鄰的牆壁之間
這麼多歸屬，這麼多苦悶，這麼小的愛
一小撮取自海水的鹽，一種輕盈的心的感情
來自太陽，一個吻，一個笑
低語，在瓶裡花朵上的水霧

以及死亡的氣息
蔓延著匆忙的瞬間

在大地和天空之間一群聚集的雪魂
一杯憤懣，廣大的悲傷
恐怖，苦苦哀求，深沉靜寂
以及對生命的絕望
流淌著
衝擊著渺小屋子的紋路

烙印戰火，譜現流離的聲音

伊拉克．美國／

米克亥爾（Dunya Mikhail，一九六五～）

米克亥爾是伊拉克詩人，也是美國詩人。

出生於巴格達的她，既被阿拉伯文化孕育，也被英國文化滋養，更被戰火磨礪——兩次的伊拉克戰爭。美國為主的軍事力量介入了獨裁者海珊的統治，也在這個阿拉伯強權國家造成人民流離失所的災難。

米克亥爾於一九九六年移民美國，她的獨特經驗，從自己的國度流亡，在美國展開的漂泊的新生活，呈顯在她的阿拉伯文和英語出版的詩集中。《缺席的讚美詩》和《等於音樂》是她的阿拉伯文詩集；《戰火猛烈》是她的第一本英語詩集，為她獲得紐約公共圖書館二〇〇五年二十五本最佳書獎之一的殊榮，獲GRIFFIN詩獎入圍書單提名，國際筆會翻譯獎，並是首位伊拉克女性在美國出版詩集者。二〇〇一年，聯合國頒予她寫作自由的人權獎章。

戰火以及流亡，烙印在這位伊拉克女性詩人的心靈，她的詩既是在祖國的人生風景，烙印著戰火；也是新國度的生命情境，烙印著流離的傷痛。既書寫伊拉克，也書寫美國。既有抒情，也有批評。

阿拉伯世界既有的詩歌傳統加上英國殖民統治時期帶進的英語詩歌影響，形塑出許多阿拉伯詩人，其中不乏女性詩人的風采（敘利亞和黎巴嫩受過法國殖民，是另一種歐洲性）。

被譽稱「純粹而美麗，她的世代最好的聲音。」也被讚美「以新的視野和藝術技巧，在現代阿拉伯詩歌的戰爭詩類型有所創新」，米克亥爾見證了當代中東的現實與藝術風景。

藝術家孩子

我要描繪天空。
描繪它，親愛的。
我做了。
為何你這麼
塗抹顏彩？
因為天空
無邊無際。

我要描繪地球。
描繪它，親愛的。
我做了。
這是誰啊？

她是我朋友。
但地球在哪裡？
在她手提袋裡。

我要描繪月亮。
描繪它，親愛的。
我不能。
為什麼？
海浪不停地
打散它。

我要描繪樂園
描繪它，親愛的。
我做了。
但我沒看到任何色彩。

那是無色的。

我要描繪戰爭。
描繪它，親愛的。
我做了。
這圓圈是什麼？
推測。
一滴血嗎？
不是
一個子彈？
不是，是什麼？
一個開關
那會熄掉光。

鞋匠

一個熟巧的鞋匠
他一整個人生
敲打釘子
和弄平皮革
為各式各樣的腳：
逃跑的腳
踢蹴的腳
跳入的腳
追趕的腳
奔跑的腳
踐踏的腳
衰弱的腳

跳躍的腳
旅行的腳
靜止的腳
顫抖的腳
舞蹈的腳
回返的腳……
人生是一撮釘子
在一個鞋匠的手裡。

新年

I

門上有敲打聲。
多麼令人失望……
是新年但不是你的。

II

我不知道如何把你的空缺加在我的人生。
我不知道如何把自己從那減去。
我不知道如何
從實驗室的燒瓶中分割它。

III

時間停在十二點位置
並擾亂鐘錶匠
鐘沒有瑕疵。
那只是手的問題
它們擁抱並且遺忘這世界。

一個聲音

我要回去
回去
回去
回去
鸚鵡在房裡
重複著說
牠的主人已離開
牠
孤獨地重複著：
回去
回去
回去……

有一個你愛的國家嗎？

以色列／

拉薇蔻薇特苣

（Dahlia Ravikovitch，一九三六～二〇〇五）

在特拉維夫附近的一個城市出生，並在海法受高中教育，於耶路撒冷的希伯萊大學完成學業。畢業後，在高中任教多年。一九五〇年代就出版第一本詩集，她在兒童文學也享有聲望，翻譯了葉慈（W. B. Yeats）、愛倫．坡（Edgar Allan Poe）和艾略特（T. S. Eliot）的詩。

一九八二年，以色列對黎巴嫩貝魯特發動的圍城戰爭後，她積極參與以色列的和平運動，從一如純粹水晶般的詩人手指，清晰之窗或剔透之鏡而轉而心的恐怖、驚懼的反映。

從一個自然的、浪漫的詩人，拉薇蔻薇特苣的詩帶引到生命黑暗邊緣的了解。她似乎比其他人更關注人權，在以色列的國家處境中，她致力的同情的理解巴勒斯坦，以詩追求一個被愛的以色列。

正午的鳥聲

這吱吱喳喳聲音
一點兒惡意也沒有。
牠們唱歌不是要給我們思想
而且牠們
就像亞伯拉罕的種子那樣多。
牠們有牠們自己的生命觀，
牠們飛無需有思想。
有些是珍奇的，有些普普通通，
但每隻鳥[illegible]翅膀都是優雅的。
牠們的心不沒[illegible]
即使在啄食小蟲[illegible]也一樣。
也許牠們頭腦簡單

白天和夜晚
天空是交給牠們統治的，
而且當牠們接近海濱時
這海濱也是牠們的。
這吱吱喳喳全然沒有惡意。
年復一年
它甚至有著
同情的音調。

當然你記得

他們都離去之後，
我單獨和詩篇留下來，
一些我的詩篇，一些別人的。
我比較喜歡別人寫的詩篇。
我安靜地留下來，而慢慢地
我的喉頭紓解。
我留下來。

有時候我希望每個人都走開。
也許那是好的，畢竟，寫下一些詩篇。
你坐在你的房間而牆壁愈來愈高。
色彩加深。

一條藍色手帕變成一口深井。

你希望每個人都走開。
你不知道你究竟怎麼了。
也許你要想一些事情。
然後事情過了，而你是純水晶。

然後，是愛。
納蕤思多麼地自戀。
只有傻瓜不了解
他也愛河流。

你單獨坐著。
你的心痛楚，但不會破碎。
淡出的意象一個接一個洗掉。

然後錯失。
一個太陽在午夜沉落。你也記得
黑暗的花朵。

你希望你死去或活著
其他人也一樣。
有一個你愛的國家嗎？或一個字？
你當然記得的。

只有傻瓜讓太陽愛沉落就沉落。
它常常太早就飄失到西邊的島嶼。

太陽與月亮，冬天和夏天
將會來和你相遇，
無限貴重。

在低空盤旋

我不在這兒。
我在東邊的山壁
在冰冷一起漂泊，
這兒草不生長
而一大片陰影瀰漫斜坡。
一個牧羊女
從隱密的帳篷出現，
帶著一群黑山羊到坡地。
那女孩，
白天不出來幹活。
我不在這兒。

從深山峽谷
一個紅球飄浮上來，
不只一個太陽。
一片森林，微紅的，紅腫的
在峽谷閃閃發光。

女孩早早起身到坡地。
她小心翼翼地走
並且注意動靜。
她不說話，不求助別人。

我不在這兒。
我現在已身置山裡很多天。
光不會灼傷我，森林
不會觸及我。

現在為何會被驚嚇？
我在人生裡看到錯誤的事。

我沿著山邊盤旋
低低俯近大地。
那女孩，她在想什麼？
看起來沒有修飾，沒有梳洗。
她蹲下來一會兒，
她臉頰紅通通，
手背有凍傷。
表面上若無其事，其實，
她機警。
她仍然有時間停留。
但那不是我關切之事。
我的思想使我平靜，愉悅。

我發現非常簡單的方法，
不是用腳在大地上行走，也不是飛行——
而是
在低空盤旋。

接近日午，
日升之後好幾個小時之後，
男人走到山上。
看起來那麼天真無邪。

女孩仍在那兒，
旁邊沒有別人。
如果她奔跑尋求遮蔽，或哭叫——
在山裡沒有地方躲藏。

我不在這兒，
我在那些起伏的山脈之上
在東邊最遠的國境。
不須加油加速。
風的速度
以某種強力推動我盤旋和環繞。
我能離開並對我自己說：
我已經了解一件事情。
而女孩，她的上顎像一塊陶片一樣乾亮，
她的眼睛突出，
當手撫著她的頭髮，握著它
無須用一絲絲憐憫。

在應許之地的低吟細語

以色列（巴勒斯坦）／

尼達·柯麗（Nida Khoury，一九五九～）

尼達·柯麗是以色列境內的巴勒斯坦詩人，以阿拉伯文寫作。她出生於北加利利地區，鄰近黎巴嫩、約旦河河谷，位於以色列北方。

在大學獲有哲學學位的她，詩集以阿拉伯文和希伯萊文出版，並被譯介為多種語文，呈顯在以色列殖民統治下巴勒斯坦人的心聲。

致力於以色列境內阿拉伯學校教育提升，也投入人權以及和平運動，並且活躍於以色列境內的阿拉伯文作家團體，尼達·柯麗的詩經由譯介和參與國際性的詩人活動傳到世界其他國家。

身處以色列，心在阿拉伯民族。一個巴勒斯坦人，也是被以色列統治的人民。一個背負著政治槍傷的女詩人，在上帝應許之地以她細膩的抒情低吟，以她柔美的心靈細語。

橄欖的子民

他們來到而且
像那些因一種使命而感動的人。
如此思考這擠壓：
在擠壓著的是最多的油。
我們的油被出售了，就像我們的血
到神聖之地
因為我們是貧困的
我們的土地是神聖的
而我們的地方位於橄欖山。

無花果的子民

在牛奶和蜜糖之地
不管何時他們採摘未成熟的棗椰
而孩子們在他們的黎明
口乾舌燥
喜歡凝結的牛奶
我的土地的河流將滴落
牛奶和蜜糖之地

葡萄的子民

未成熟的葡萄
吊掛在早晨的柵欄
並且正在掉落。
我的靈魂出走
到我童年青澀之味
但太陽
迅速抓住我
並藏匿
我的陰影
於她的樹蔭中
……而我的故事結束。

石榴的子民

在它們自己內裡
是從時間之初就滾動的
愛與自由的種籽
而今它們爆開
到母親的臀裡
強制進入
而她破裂
這是這塊土地
窄狹的子宮
這地方噴火。

火的子民

燒燬世世代代，
燒燬橄欖葉
升起怒火，
燒燬他們的指紋。
煙。
燒燬他們的離別會
走了。
燒燬他們的烹飪書
燒燬慈善
灌注小麥　並撒布　在屋頂。
他們燒燬蠟燭的終端
以照亮噴地的羞恥。
穿著灰燼並像煤炭一樣躺下來。

在語言的沙漠尋覓

以色列／

瑪列那·布蕾絲特（Marlena Braestar）

瑪列那·布蕾絲特，在羅馬尼亞出生，一九八〇年移民以色列。一九九一年，在巴黎大學取得語言學博士學位。已出版多部詩集和翻譯作品集，以法文寫作，詩發表於各種雜誌，也被譯介成英語、阿拉伯語、西班牙語、義大利文、克羅埃西亞文、以及希伯萊文等。

作為原猶太裔羅馬尼亞人，後來成為以色列公民，而以法文寫作詩人，她的詩常常觸及詩之為詩的議題。語言學的研究更顯現於她對於書寫觀照與探究之中。

就像在蜘蛛網裡

就像在蜘蛛網裡
我漫步於字母之中
詩
自己掙開朝向我而來

詩喚醒我
它被蜘蛛攫獲
在我有星星記號的手指之間
它捕獵我
我讓最富想像力的一個
落在
一個想像的蜘蛛網
在那兒另有一首詩成形

被壓碎母音的遺忘

在兩個語字之間
聲音失衡
滑行於自己的倒影上
在影子之光的角落裡
訴說者書寫者隱藏
而嘴中
有被壓碎母音的遺忘之味

在沙的筆記簿

在這脆弱易碎的
黎明邊緣醒來
在沙漠的邊緣
於沙之書
在不可能中我
準備自己滑行於
風中
風景停息翻轉
一個側面
我常常
在沙的筆記簿書寫
而且在不可能中

一陣突來的風我幾乎把字母
組成一個語字
然後
語字狀態
被風景平息
我在沙漠的邊緣醒來
不發一語
我不停地
在筆記簿書寫

詩在我們前方

聲音在我們前方
回音在聲音前方

臉在我們前方
陰影在臉前方

詩在我們前方
沙塵阻塞
我們愈要多閱讀它
它愈顯阻塞

The Voices of Muses

歐洲 篇

葡萄牙／**蘇菲亞・梅洛・布萊尼爾**

法國／**班寇亞特**

法國／**卡萊爾・瑪候**

英格蘭／**喬・莎布寇特**

愛爾蘭／**伊亞凡・波蓮**

波蘭／**安娜・史威忍辛思卡**

波蘭／**伊娃・麗普絲卡**

羅馬尼亞／**尼娜・卡善**

立陶宛／**米留絲凱蒂**

芬蘭／**麗娜・卡達加芙歐麗**

葡萄牙／

蘇菲亞．梅洛．布萊尼爾

（Sophia de Mello Breyner，一九一九～二〇〇四）

蘇菲亞．梅洛．布萊尼爾是葡萄牙二十世紀最重要的詩人之一，一九四〇年代就出版詩篇，並獲得葡萄牙許多詩獎。

詩是她對世界的了解，與事物的親近，對真實是什麼的參與，也是聲音與意象的約定。

在首都里斯本生活，從大學時代到人生的終點都投影這個城市。詩與生活對於她，就像一體的兩面。她定義詩歌是藝術，無關科學和美學理論。十多冊詩篇，廣泛地被翻譯成各種語文，她也有兒童讀物著作，也曾譯介但丁和莎士比亞作品為葡萄牙文。

出身富裕家庭的她，是天主教徒。在葡萄牙二戰後的軍事統治期間批評獨裁，並介入一九七四年的康乃馨革命，因而短暫地在社會黨陣營擔任國會議員及內閣部長。

她說「詩歌」是我對宇宙的理解，與事物相連的方式，對現實的參與，對聲音與圖像的接觸，所以詩描述的不是理想的生活，而是具體的生活。

繆思

繆思教我們歌
被尊崇的和原初的
為每個人
被所有的人相信的歌

繆思教我們歌
每一件事的真實兄弟
夜的煽情
和晚間的秘密

繆思教我們歌
陪伴我們回家

沒有遲延或匆促
改變成植物或石頭

或改變成
第一棟房子的牆
或變成環繞著海的
水聲呢喃

（我記得擦拭得很好的
樓地板
那肥皂味
讓人想回家）

繆思教我們歌
海呼吸的

有著光輝

繆思教我們歌
白色房間的
有廣場的窗

所以我可以說
夜晚如何
觸及門和桌子
杯子和鏡
它如何擁抱

因為時間穿越
時間分割
而且時間阻撓
從第一棟房子的

牆和樓板
為我活著而流淚

繆思教我們歌
被尊崇和原初的
穩固著亮麗早晨
的光輝

它的手指
溫柔地在沙丘之上帶來平靜
並清洗那些簡樸房間的
牆面

繆思教我們歌
那使我們梗著喉嚨的歌

2014

我感覺到死亡

我在冷冽的紫羅蘭感覺到死亡
也感覺月亮裡的碩大模糊

大地會毀滅成為一個鬼魂
她自己搖晃所有的死亡

我知道我在寂靜的邊緣歌唱
我知道我環繞死息舞蹈
占有無有

我知道我通過無言的死亡
並且在自己的死亡中擁抱自己

但我已在許多存有中失去我的存有
好多次窒死我的生命
吻我的鬼魂好多次
知曉我行動的不為什麼好多次
因此死亡會簡單得就像
從屋裡走到街路

笛

在房間的角落裡陰影吹奏它小小的笛
因而我憶起水槽和海蕁麻
以及光曠海濱的異常亮光

夜的指環莊嚴地套上我的手指
而寂靜持續馳騁它的太古之旅

2015

寧靜的叫喊

法國／

班寇亞特（Marie-Claire Bancquart，一九三二～）

班寇亞特出生亞維儂——一個以藝術節聞名的城市，她是法國巴黎第四大學文學教授，也曾是法國詩梭爾邦（Sorbenne）中心的主持人。

已經出版多部詩集的她，認為詩帶給她不安和困擾，因為她無法接受詩的語言退化和墮落，她認為詩應該奮力形塑充滿風味的語字，經由破壞章法、僵化的傳統，展開拯救肉體與精神被商業和語言恐怖主義侵蝕的戰鬥。

她的詩是女性寧靜的叫喊，交織著家庭主婦、戀愛中的女人以及知識分子的心靈風景。

經痛

忠實地面對
太陽的邪惡裡的寓言
她轉眼對視樹葉的十字架記號。

她無法拒絕痛苦
徹夜不眠在心與肩胛之間苦撐。

像路上的碎石
切割之痛無法了解
慢慢地　在痛苦之間
她的身體調整出石頭和樹的新咒語
在她血液的通道中灼熱自行翻轉。

樓梯

我祖父有一晚在樓梯間死亡。

他在莫名其妙的婚姻階梯絆倒自己。

老樹查知他存在：
鬍鬚仍然生長
仍有潮濕的唾液。

那減輕他往生之苦。

而當遺體移到外面的一個床位
已是我們陌生的人。

曾經是礦工，如今
在我們的腳下呼吸
他準備木板
等待我們的死亡。

單純

樹在鳥群和樹分格的框框
移動我們的影子。

建築物的呢喃聲
回應被踐踏的草地

一個甜美的蘋果
而雲彩的夢比水流還和緩

我們的身體將覆蓋
土地的一條靜脈

負載自己調和時光和生命
再次取代在植物的秩序裡

孤獨地傾聽黑暗在溶解

法國／

卡萊爾・瑪候（Clare Malroux，一九三五～）

卡萊爾．瑪候是生於法國南方阿爾比（Albi）的詩人，這使她的詩具有南歐風情的光影。

她被拿來和美國傳奇女詩人愛蜜麗．狄瑾蓀（Emily Dickinson，一八三〇～一八八六）相對照，一本《兩個詩人邂逅的形跡》相較了一位前行代美國詩人和一位後世代法國詩人的心靈側影。

已出版十多部詩集的卡萊爾．瑪候，經由美國詩人，翻譯家 Marilyn Hacker 的英譯，有英法譯對照本《悲歌》（*Edge*）《遠去的太陽》（*A Long-Gone Sun*）以及《鳥群與野牛》（*Birds and Bison*）在美出版。

手指探索

手指探索
臉的荒漠
預言家
眼淚的偵測器

在表面之下
他們挖掘他們的皺紋
他們的痲疹
他們的宮殿

熱情在那兒溶解
憤怒亦同

拱廊下
沒有閃爍的東西
碼頭
沒有交易
沒有港口
一艘
獨木舟
導航出海

每個早晨

每個早晨窗簾拉起
你，孤獨地傾聽黑暗在溶解
星星緩緩地滴答滴答離開
天空迴向到被醒來的鳥群晃動的　搖曳圍巾
你們不必互相觸摸只要並肩漫步
互相傾靠並進入內心一直到夜晚
當，孤獨時，你們在門口狩獵狂野的夜
甜蜜地哭求著，像一隻濕漉漉迷失的狗
你不想聽到烏鴉啼叫
行列中減少的號碼
在舞台被呼叫，已搭建很久的
陰影加深，肉體自己空虛，另有人　取代你的位子。一步一步你自己就離去。

十月

十月的光輝
在它的臂彎裡
　搖搖欲墜的葉子
　以垂死的美
惱人心神

更淫慾的渦旋
　花朵
和華麗的側影清洗他們自己
　在邊緣地帶
　在即將臨來的花園嚴冬

鳥群的尖叫聲橫越
真實裡的

透明雕刻
消匿在想像的
　凹槽裡
機械不會毀壞
即使人們的表情
破滅了
不屈折的
光

在寒冷中
加重親愛雙手的負擔

探測之心，凝視之眼

英格蘭／

喬・莎布寇特（Jo Shapcott，一九五三～）

出生於倫敦，屬於英格蘭的英國人，在愛爾蘭首都都柏林三一學院讀過書，後來也在牛津大學和美國哈佛大學深造，執教英國倫敦皇家大學露洛威學院教授創作課程，並在其他所大學擔任訪問教授，曾出任「詩社會」（Poetry Society）社長。已出版十多冊詩集，獲頒多種詩獎，她從異常的泉源描繪和想像主題，包括大眾文化和科學，探測性和政治的平衡以及人性與暴力的對應。她也和許多音樂家合作，將作品譜曲。研究過美國女原人伊莉莎白．比修（Elizabeth Bisshop）。為 Faberz & Faber 及企鵝等出版社編輯過書，詩集包括《祖國》《我人生的睡眠》等。

我生命的睡眠

一切都是喧鬧的，床板的刺耳聲，
髮結的紛擾，牙齒的磨合。
一些汗水在身體的每片皺紋
浮現，雖然如此呼吸著，她自己的溫暖，
房間就如同倫敦的房間一樣安全。
地鐵的轟隆聲只在地層下數英尺
而且希斯洛機場的飛機航道在屋頂上方。
妳會發現身體和空氣發出的
氣味比日子難聞；她是幼稚的，柔順的。
捲起身體緊緊抓住美好的睡眠，
諦聽皮膚的滴答聲，品嘗著夜晚汗水
番茄一樣的滋味，向前傾靠並用手指頭　點向你想的夢之光點。

祖國——茨維塔耶娃之後

語言在一個國家是
不可能像這樣的。即使
詞典也會發笑，當我查找
「英格蘭」「祖國」「家」

它咬定
乘以三次就有九個意味而我試著解讀
其字眼：距離，遠離的
程度，空間的間隔。

距離：這語字徹底就像痛苦。
這麼多英格蘭也這麼

為我的未來而走入地平線
在一只破損的手提箱裡帶著距離。

字典是唯一的
有人現在對我談話。說，笑，
「回到家吧！」但要帶我
到更遠更遠之外進入冷冽的星群。

我是藍的，比水更藍
我是空無，所有我做的常常
就是浪費音節這個習慣。

英格蘭，它以語字
傷害我的嘴唇
這個國家讓我說

我無法說的許多事物。我的
家，我自己，我的祖國。

注：茨維塔耶娃（Tsvetaeva，一八九二～一九四一）俄國詩人，蘇聯時期移居外國多年，一九四一年在回到自己國度兩年後，自殺身亡、詩人布洛斯基對其稱譽有加，與阿赫瑪托娃一樣是俄國偉大詩人。

繆思

當我親吻妳身體裡
所有可摺曲的地方，妳弄出像狗的噪聲
幻想著，幻想著漫長的奔跑，他對一些回答撼動他的激素，
奔跑著越道田野，奔跑著，奔跑著
在山顛和海岸線旁以避離太多香味，
但依然徒續昂首並且把嘴突入
空氣因為他愛那一切
並且必須離去。我必須吻得更深入
而且更慢些——妳的頸項，妳的臂彎，
在妳腳趾下的整潔皺紋，妳腳踝後方的
影子，妳腹股溝的白天使——直到妳陷入平靜因為只有這樣
我才能把那要命的語字捕捉到我嘴裡。

禿頭

頭上無毛髮能騙得了人嗎？皮膚的本性說不，
那是新生的蒼白，
每一種思想都看得見——純粹的知識，
行動中的心——照耀遍及頭骨。
我看過一個，一個女人，完全禿頭，清清淨淨的。
她在綠色地板擦拭，也在蒙塵的畫套，
所有衣物和——而且專心一意，就像月之皇后
你可以向禿頭的這人說，空氣也很難觸著他們的頭
以細膩練達的表述。當她跳著
洗衣之舞，和她的塵埃微粒，每一她知道的
事物在她頭皮下飛掠而過，
清潔溜溜就從她頭頂的質地，

她幾乎要舉手指向天空；
我捂著自己的耳朵在她準備唱歌、吼叫，
讓大勝利在小小房間共鳴共振時。

傳統、神話、歷史的女性幽微之光

愛爾蘭／

伊亞凡·波蓮（Eavan Boland，一九四四～）

出身外交官和畫家父母家庭的伊亞凡·波蓮，是都柏林人，在倫敦、紐約、都柏林受教育，並在都柏林三一學院取得英國文學學位，後來在愛爾蘭和美國教授愛爾蘭文學。她和小說家的丈夫定居愛爾蘭。已出版多部詩集，並譯介愛爾蘭詩歌、俄羅斯和德國詩歌。她的詩反映了女性的傳統心性以及愛爾蘭歷史和神話，她也是一位文學評論者。

飾帶

折覆在
打開的記事簿上——

光消失
讓樹群在外面看得見
而我的房間
是暗的。

在薄暮中
我靜靜的
尋找它——

這語言是
飾帶：

一種巴洛克式必要
在一位王子的
手腕
以一種可愛的求婚方式
看吧，就看
他打開的方式

不精省的語詞
成串蝴蝶結
和老闆們
華麗的修辭：
一個漂泊者

重視的移動
移開框架的論據
他吻手；
就止於，手，平靜地

一個房間的
角落裡
有人，
在薄暮中，
當光線逐漸暗淡下來時
在上面覆上飾帶
再也看不見什麼

那是一個女人的世界

我們的人生之途
已艱難地改變
從開始的一個輪子
轉而磨一把刀子。

好吧，也許火燄
更貪婪地燃燒
而且輪子是支架
但我們是一樣的

誰疏忽了標示
我們生活的里程碑——

活在光的旁邊

麵包留在
現在登記簿旁邊
洗衣粉付了並且等待包裝，

洗滌物仍濕濕的，
就像許多歷史人物
我們被那些我們遺忘的人詮釋，

被那些我們絕不會相信的人
天文學好者，吞火者。
那是我們的托辭

因為所有時間

一如歷史走遠
我們絕未
在罪行的事件上面。

所以在這個國王的頭
捶破籃子殘忍地掠取——
我們是全麥麵包

或得到料理一道好湯的　食譜
為我們道長說短　開胃助興。

而那仍然是一樣的：
夜晚我們的窗口旁
我們的孩子們和蛾
摸向壁爐的

火焰而不是歷史。
而且仍沒有書頁
記載我們憤慨的
低沉樂音的傷痕。

但顯現的　仍然讓人放心
在女人那兒
撐起星光一樣明亮的神話

當這兒一個人的嘴
僅僅是傍晚空氣的一口呼吸，

一片燃燒著的羽毛——
她不是吞火者，
只是我凍霜的鄰人　正在回家。

歌

在盲目的檔案中
蝙蝠群在森林露宿而眠
水滑落石頭
對冰來說，太快了
太快了；害怕他已滑落
過我身旁，我先央求他。

圓圓的就像一副手鐲
鉤著濕濡的青草
一尾小毒蛇被漿果淹死
那轉變血成田糧；
恐懼拖延的是毒蜘蛛

我冒著危險的初吻。

我的襯衫拿在手裡，
我涉水到河流那兒
水滴濺濕我的腿股。
在我前方的他
最從轉頭聽到我的叫喊：

「看看河水怎麼
大膽地觸及我
看浪花試圖做
你不曾嘗試的事。」

他後來在那個夜晚
仿傚躍動著的水浪

戰火印痕，肉體心影

波蘭／

安娜．史威忍辛思卡

（Anna Swirszynskia，一九〇九～一九八四）

安娜．史威忍辛思卡是一位在作品裡呈現二戰主題與經驗的波蘭女詩人。早於辛波思卡的人生和詩歷，在一九三〇年代就已出版詩集。納粹德國入後時，她參加反抗軍擔任隨軍護士，也參加地下文學出版活動。米洛舒曾譯介她的詩，介紹給英語世界讀者。

安娜．史威忍辛卡的詩也關注母性，女性身體和情欲主題，她的一句被傳頌名言是：「詩人必須像一顆疼痛的牙齒般地敏感。」米洛舒稱譽她的詩不但與她的身體合一，也分擔它的歡愉和痛苦，而且依然反抗它的律則。

她是激烈的，清晰的，狂喜的，驚懼的。心靈與肉體交織著個人與時代的印痕，印記著波蘭和東歐的心影。

Anna Swirszynskia，也被稱之為Anna Swir。

第一牧歌

愛的夜晚是純粹的
就如一件古舊的樂器
而空氣環繞著它

豐富充實
就像一場加冕典禮。
是肉體猶如勞動中婦人的肚腹
而精神
像一個數字。

人生一瞬間
想要從生命做了斷。

臨死時
想要頓悟世界的原理。

愛的夜晚
胸有大志。

第二牧歌

一個愛的夜晚
優雅有一場音樂會
來自古老威尼斯
以優雅的樂器演奏。
健美有如
一個小天使的臀部
聰慧像
蟻丘。
俗麗得像空氣爆開出
喇叭聲。
富裕如王朝
一對黑人

坐在黃金鑄造的
兩個座椅上。

一個有你的夜晚
一場大型巴洛克式交戰
以及兩個勝利者。

隔著門的對話

清晨五點
我敲他的門。
在史里斯卡街的醫院
我隔著門說：
你那當兵的兒子，快死了。

他半開門，
沒有取下門鏈。
她妻子在他身後
搖晃。

我說：你兒子想見

他母親。

他說：他母親不會去。

她妻子在他身後

搖晃。

我說：醫生同意我們　讓他喝酒。

他說：請等等。

他從門旁遞給我一瓶酒，

關上門，

並上了兩道鎖。

在門後他妻子

開始尖叫好像她在勞動。

一個女人對鄰居說

一個女人對鄰居說：
「自從我丈夫被殺後我不能入睡，
槍擊時我潛藏在地毯下，
一整個夜晚我在地毯下發抖。
我會瘋掉假使今天我只一個人，
我有一些我丈夫留下來的菸，今晚請過來造訪。」

我的孤獨是公共的

波蘭／

伊娃·麗普絲卡（Ewa Lipska，一九四五～）

伊娃·麗普絲卡是詩人，也是小說家。

她是波蘭中生代代表性的女性詩人之一，受到上一代辛波思卡（W. Szymborska，一九二三～二〇一二）的影響，也是後續世代詩人的引領人物之一。辛波思卡和較早的米洛舒（C. Milosz，一九一一～二〇〇四）分別於一九八〇年和一九九六年，得諾貝爾文學獎。

在一九八五年之前，麗普絲卡的詩只能以地下文學的方式出現。因為他是「六八世代」詩人群的核心成員，在二戰後發生於一九六八年的全球學生運動時，也是在波蘭的學生運動參與者，在當時東歐請共產體制國家被視為反政府的異議分子。東歐共產統治體制解體，自由化後，伊娃·麗普絲卡更因能夠分開出版而與更多的讀者交會，並被譯介成他國文字。

使者

書寫以便一個行乞者
用它獲得金錢

並且讓死去的人
因它重生

一個嘗試

當我們倦於告訴另一個人
我們已轉換
不同的語言。
就像我們開始說
一個普通話語
他們取走我們的說話能力。
當我們從山丘離開
我們傳下來的只是
承擔的死亡的陰影。

我的孤獨

我的孤獨結束於畢業致詞。
那是守時守分以及努力用功
那是井井有序和獎勵。

我的孤獨
是人民性的。
幾千個讀者走過它。
那已被書寫下來。
被刪掉。

它厭倦了驅策
像腓特烈大帝。

它開始有其門徒
它的膽怯奴隸。

我的孤獨是公共的。
它躺在鳥籠底部
被拔掉的羽毛
靜靜地飛翔。

注：腓特烈大帝（Frederick the Great，一七一二～一七八六），普魯士國王、軍事家、政治作家、作曲家，開展德意志啟蒙運動，歐洲開明專制代表人物。

聽寫

專心聽寫。
不弄錯。
不把文學
塞入國家裡。
知道
何時開啟何時閉上
嘴唇的括弧。
寂靜——
以什麼字母開頭？
傾斜
但並非以每一種方式。
小心

不要分給兩個人愛情
就像黑葡萄乾或第一個到達的人。
留意
在一定的日期後放一陣子
在其他之後
一個休止。
要了解你不能
縮短生命。

記得
不要拼錯死亡。
死亡
要適當。

在一次詩閱讀的疑問

你最鍾愛的色彩？
你最幸運的日子？
一首詩緊握在你身後？
你沒有任何指望？
你驚嚇我們。
何以一片烏暗天空
或時光落擊？
一隻空空的手，一頂帽子漂浮過海？
何以一襲婚紗
繡著喪禮花飾？
醫院大廳
取代了花園小徑？

何以沒有未來？何以沒有過去？
你相信？你不相信？
你愛嚇我們。
我們跑離你。
我試著制止它們。
它們跑著進入火焰裡。

mouton
the sky

在艱困的時代發聲

羅馬尼亞／

尼娜．卡善（Nina Cassian，一九二四～二〇一四）

尼娜．卡善是一位多才多藝的詩人，修習文學、戲劇、繪畫和音樂的她，已出版近六十冊書，包括詩集與小說。一九八五年，她在美國之行時，選擇自共產體制的羅馬尼亞流亡，住在美國紐約，而且也融入美國詩壇。

在羅馬尼亞，她活躍於文學界，在出版社擔任編輯，也參加作家協會，習慣以強烈、尖銳的語調發言，處於共產體制的國家，她的詩對愛和記憶有聰慧的印記，並且顯示破滅，毀壞以及強烈的感覺，瀰漫著人類共通的焦慮。

詩人

莫名其妙的
明顯的
頭盔——裡面有他們的腦
盾——玻璃紙的

詩人們
這些種類
這些敗血病
他們的自我防禦是
潑灑著墨水。

放縱

字母從我的語字掉落
就像牙齒或會從我的嘴掉落。
口齒不清地言說？結結巴巴說話？喃喃而語？
或最後的寂靜？
請上帝憐憫
我的嘴尖，
我的口舌，
我的聲帶，
我咽喉的蒂頭
顫抖著，敏感的，震動著，
在羅馬尼亞的極度興奮中爆開。

人性

有時我非常清楚地看到動物的鼻子
在我下方張開。我無法計算它的尖牙，
看到血紅的咽喉聲門貪婪地顫抖著，
看到它專注的眼充滿不對稱的本性。

我棲坐在樹木，躊躇著，
因為感情
而左晃右搖，
因為意念而虛弱，
而且我知道我不能把持住
除非，我自己停下來，
我恢復我無瑕的本性，

其中之一是讓我有一個爪
以便緊抱著樹；但我不能
而跌落了，滿滿的記憶和意象，
豐富了我生與死的人生之味
直到我前額碎裂的瞬間。

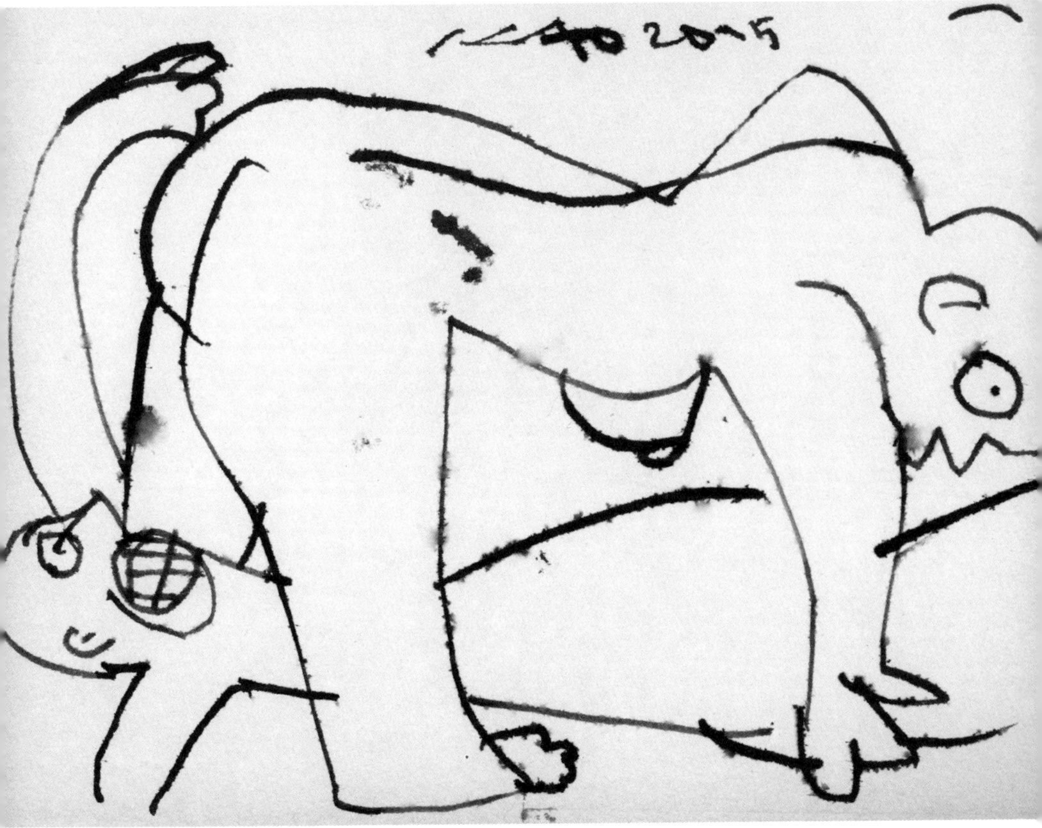

最哀傷的花，獻給你，也為我

立陶宛／

米留絲凱蒂（Nijole Miliauskaite，一九五〇～二〇〇二）

米留絲凱蒂是立陶宛戰後世代最傑出的詩人之一，她在一九六八年就出版第一本詩集，當時，只有十八歲。在首都維爾紐斯大學攻語文學，畢業後從事寫作，並擔任編輯。全球學生運動熱潮與她的第一本詩集交會，在她的詩人生涯奠基了獨特的關照視野。

長期被蘇聯占領統治的處境環繞在她作品，隱含著歷史的愴傷，但她追索歷史背後更古老的東西，亦即這個國家和人民的初始感覺。

有許多詩集中，她以晶瑩的半透明文豊和令人驚嘆的意象，致力於她自已和立陶宛的「適當身世的追尋」，詩就是她的立陶宛，詩也是她——米留絲凱蒂。

在波羅的海的小小國家，從蘇聯的桎梧獨立出來，映照著獨特的她。

那些紫丁香

那些是從傑士可尼斯兵工廠
帶來的紫丁香，即將萎落
每年
我摘了一大束

空盪盪廢棄的兵工廠
年年
雜草叢生
在壕溝，沙坑、骨骸中
在墓園
那些紫丁香

是從傑士可尼斯兵工廠帶來的
最哀傷的花、獻給你，嘉德薇佳（大衣在閣樓被蛾蛀蝕）

也獻給你，卡洛琳娜，妳已老了，
也給妳芭柏菈，礦工的
母親

並為我。

在潮溼的地方

在靠近水井的
潮溼地方
我尋找馬尾草——因而我的頭髮
會輕飄飄而且亮麗
如絲

我弄碎橡樹皮
掘白菖草的根
和羊蹄草
收集蛇麻草的毬果
樺樹的葉子

在黑暗中
讓甜菊花散開乾燥
用刺蕁麻潤濕頭髮

因而我的頭髮
會長且柔軟
你看到我坐在窗邊
用骨梳整理它

因而我的髮束
會綁住你的腳

夜晚
我在月光下
隱密的林中之湖

沐浴

在草坪鋪上亞麻布

秘密地
釀造一些東西給你啜飲

在聖約翰之夜收集的草
從根部

從人生之井的水
從魔幻

喔睡眠之草，澀苦甜蜜的
不知名的　草

暫時的城市

夜晚
沿著海邊的
銀行區
行走，天空被來自暖和房屋的光
照亮，較遠處是垃圾堆，街道，
池塘，醫院，再更遠處是修車廠
和松樹枯乾的樹梢。

這兒正是春天
一個護士早晨上班途中
被強暴。
而這兒，就在這橋上，

你被三個健壯的，狂笑著的男人
無來由地圍毆，拳打腳踢，
（它們發生在同一個假日）

後來我們在所有的水溝
找你的眼鏡，用光探照
淺淺的水，但找不到
東西：沒有鏡架，沒有鏡片，沒有任何一張獨照或識別標誌

只有垃圾，只有一些破碎物件，
壞掉的工具，一隻手套
和你的黑色大扁帽
我們從中水將它撈起

●

夢中

一些女人
年輕，非常蒼白（一個耳朵
掛著銀耳飾，另一個
扯著蘋果樹的
枯枝，這裡曾是果園
現在街上都是高樓，從那些窗口
你只看到
其他的窗，就如有其他一些世界），
那婦人跑到街上大叫，而我
所能了解的是：我絕不能
看到巴黎！

●

燈光，在暖房後面，春之太陽
在那兒舒適地溫暖我們
一條小河潺潺地流過

那兒
從下面破碎橋基
一根木頭，一堆破布，報紙堆，
一些灰燼
碰撞一隻手

蔓生的乾草在風中沙沙作響

●

老婦人的冬天，像一些乞丐
停留在大街，被帶到
城外，被驚嚇半死，
死在田野

半凍僵的

男孩（沒戴手套）在學校附近
被兩個高大的男人喝令站住

（雇來的
殺手的刀刺傷
背）

走進（它不屬任何人）
這春天
空虛不快樂的心

進入這城市
黑暗的巷弄
嘗試
給這首詩

一個標題

對他們的人生
僅只如此
別無其他

●

夜晚也曾這麼黑暗
小心，那兒沒有真正的星群
注視，夜暗以後不要在街上行走
不要和陌生人交談
害怕電報，今天和明天
都不會有什麼樂趣，得不到
禮物，丟擲藥瓶，剪刀，注射針筒
髮夾，燒掉
信件而且絕不

保存日記

他們寸步不離你

每個鏡子，每個人的臉
每個行走的友人都是眼線

牆裡有耳！

●

我不會願意我的名字
繫在我出生之日和死亡之地

●

我的朋友，法蘭茲·卡夫卡
在最黑暗的時光，當樹林，
掉落的青葉子，在陰暗的原野

抖顫著樹幹

而且仍然沒有雪
我們的屍體會掉落那兒
仍然溫熱的身軀
被綁著手腳
嘴裡塞著東西

我們深信
我們終將遇見
慰藉

我們的血脈流相同的血
滲透
並且進入溼潤的土地

你會像一隻母狗沙啞地叫
——有人說而且爭吵

而那兒仍然沒有雪，法蘭茲．卡夫卡

●

變黑的古錢幣
掉落地上顯示反面
說著
是的

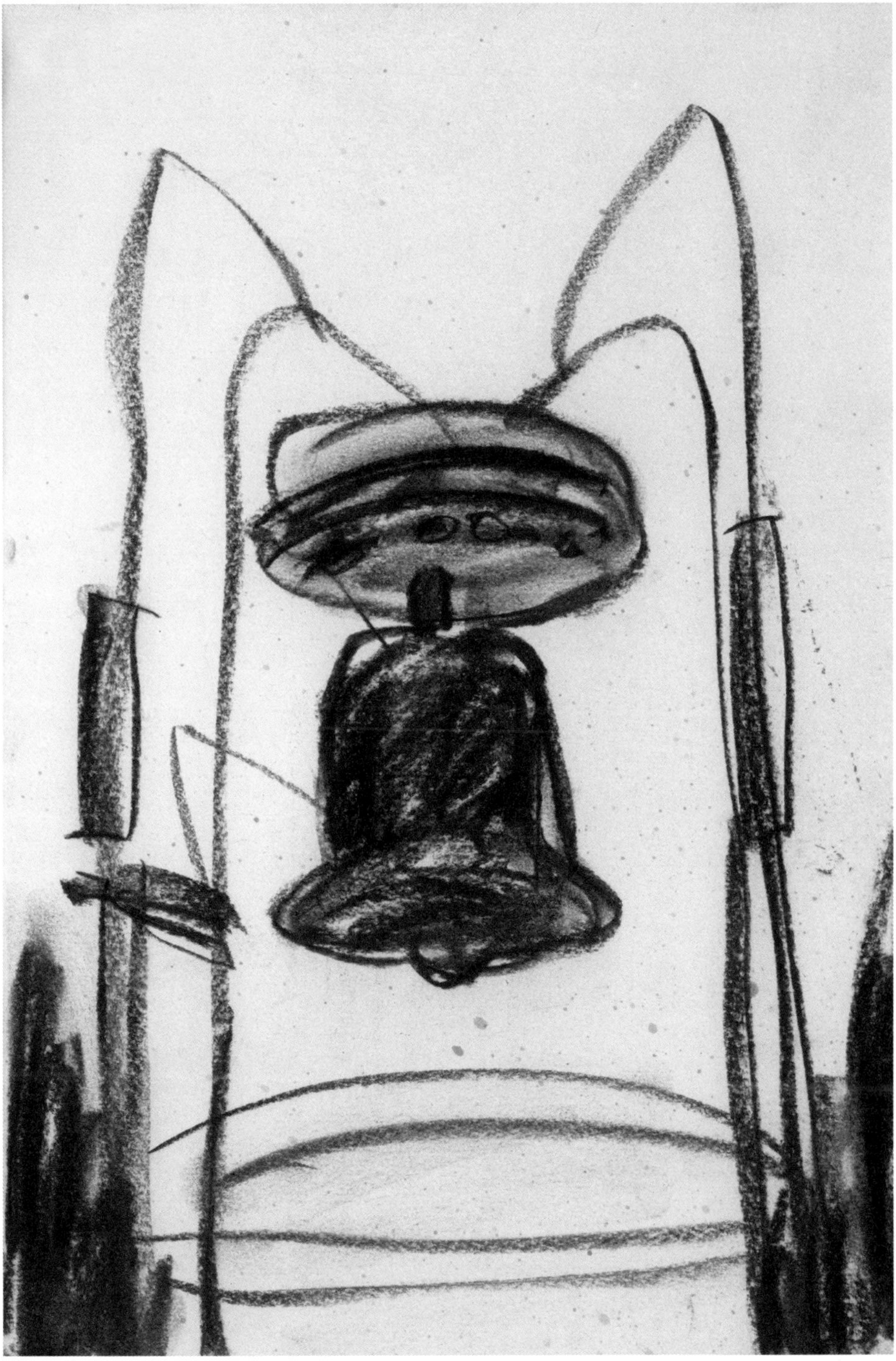

北方國度冷冽的心

芬蘭／

麗娜．卡達加芙歐麗（Riina Katajavuori，一九六八～）

麗娜．卡達加芙歐麗，出生於赫爾辛基，她的詩就像聲音、觀照的抽象拼貼畫，也像言辭的行動。她的詩出現在街頭、電視、電台、課堂和書本，以她獨特的簡潔、反諷，往往讓人對其微妙的論點和主題感到不可思議。

她的詩集包括《竊賊之書》《誰說》等多冊，也有散文集、童書、小說。作品被譯為英語、德語，並在許多芬蘭詩人選集中出現。充滿女性力量和隱喻，她不直接描述社會，作品洋溢歡愉，冷冽而透明，映照北國的心境。

路的盡頭

妳像一個男人般書寫，
那視為妳的偏愛，
妳失去妳的圓度，變得有稜有角。
轉身回來，妳擺出一個新姿勢
莊嚴地凝視平原彼方，
工廠的煙囪。

妳看到了實驗室，瓶瓶罐罐和玻璃管，
所有那是如何作業的。是誰負責。

妳渴望白色物質
渴望黑色的。

冬之樹　夜之樹　哀之樹

樹群的骨骸結構充滿精神狀態。

沒有頂端。
　　　沒有根部。
一片樺樹狀的韻律。
一種論證。

相同的大地。
幽冥世界。
失眠狀態。

喚醒

多麼巨大，多麼渺小的雪。
我聽到何以同樣的一滴落雪
飄落和持續飄落著
多麼漫長，多麼澎湃，沒入漂蕩中
沒入平靜的光之中
沒入流淌的水之中
多麼漫長
既冷而且安全　是冬天，
它的氣息多麼無價。

見證

動物園管理員
從公獅後面緊抱，
好像牠是一個睡著了的袋子。

獅子是一個單純的父親。
牠的小獅子生氣

並加入牠父親撕裂撲擊，
牠們把管理員拋出橋外，落在下層通道。

我幾乎奔跑著求救。

The Voices of Muses
美洲 篇

美國／**安德烈・里奇**

美國／**麥拉・史克拉蕾**

美國／**琳達・葛莉格**

德國・加拿大／**佩特拉・莫斯坦因**

墨西哥／**卡絲特蘭歐思**

墨西哥／**娜塔麗亞・托雷多**

巴西／**阿德里亞・帕拉杜**

公民詩人・革命者

美國／

安德烈・里奇（Adrienne Rich，一九二九～二〇一二）

安德烈・里奇，自我定位為「北美洲詩人」，她不只屬於美國，不只屬於自己。終其一生的志業，她在詩與政治穿梭，行動。

女性，猶太人、美國公民的里奇，五〇年代的新聲《世界的改變》就受到詩人奧登（W. H. Auden）青睞，獲頒「耶魯新秀詩人獎」，曾遊學歐洲，她的婚姻並不完美，以單親母親的身分撫養三個孩子。

她的女性覺醒以及公民意識，讓她在社會文化和政治形成獨特的批評精神，對自己國家的霸權有深刻的反思和批評。

寫詩，也寫散文；論詩，也論文化，政治。里奇不只是一位優異的詩人，也是人權運動者，在婦女解放運動有一定的地位，對於第三世界的關心更為她奠定發言位置。一生創作不懈，獲獎無數，堪為典範。

力量

活　在我們歷史的　大地沉積物之中
今日一支彎鋤　從崩塌的邊坡挖出
一個瓶子　琥珀色　完好的　百年之久的
退燒　或解憂　藥水
為了活在這個大地　安然度過年年冬寒

今日我讀著瑪利·居里故事：
她必定知道自己病症　由於輻射污染
她的身體經年累月受到轟擊　被她淬鍊的
元素
看來她至終否認

她雙眼白內障的原因
她指尖的　裂痕和化膿的皮膚
一直到她不再能握住　試管或鉛筆

她死了　一個有名的女人　否認
她的創傷
否認
她的創傷　是由於　由於她的力量的同一根源

注：瑪利・居里（Marie Curie，一八六四～一九三四），波蘭物理學家，
　曾獲二屆諾貝爾物理獎。

在那些年代

在那些年代，人們會說，我們失去
「我們」的，「你」的意義的軌跡
我們敵視自己
縮小成「我」
而且一切變得
愚昧、諷刺、恐怖：
我們只努力個人的人生
而且，就那樣，僅有那
我們無法見證的人生

但是，歷史的黑暗鳥群尖叫並且俯衝入侵
到我們私人的天空

牠們頭向別人的地方但尖喙和巨翅
沿著海岸，穿經雲霧之絮
我們在哪兒站立，就說著「我」

界限

這裡的發生的事況會把
活生生的世界分成兩半，
一半為我的另一半給你。
最後我在這裡劃一道界限
分割這個太小圈不住你的和我的
世界的構圖。

鴻溝在一根髮絲之中
足以讓男人無意分享
地球的窄狹空間，
但放置一面海或一道圍籬
分隔兩個相對立的心意
一根髮絲也會跨越差異。

夜晚

三個小時菸不離手說個不停
你還繼續。我們站在門廊
兩個舊派傢伙：一男一女

老學究，資訊
對我們所言不知頭緒，
六〇年代的薄暮於此抖擻著。

我們的心徬徨在一個人人知曉的僵局
相互緊抱。你的手
抓緊我的手就像冰冷的夜晚握住一道欄干。

房子的牆泛紅似血。噴火藤蔓
月亮，裂緣處處
穩定地移動

探索並撫慰創傷記憶

美國／

麥拉．史克拉蕾（Myra Sklarew，一九三四～）

麥拉．史克拉蕾是詩人，散文家，小說家和教育家。出生於美國馬里蘭州的巴爾的摩，曾在美國大學教授文學，現為名譽教授。

她的作品觸及猶太人的主題，兼及外祖母的家族在立陶宛一個小村莊的經驗，大屠殺以及記憶神經醫學和大屠殺見證的關係。已出版有《立陶宛》《見證的樹林》《跨越時間的屋頂》等詩集，以及《創傷和記憶》《大屠殺和記憶構造》《兒童移居歷程》等醫學和科學文集。

麥拉．史克拉蕾曾在 Tufts 大學研習生物學並在 Cold Spring Harbor 實驗室及耶魯大學醫學院從事神經學研究的她，受到家族的災難經驗影響，致力於寫作這樣的事例，經常到立陶宛旅行，訪問旁觀者，見證者和受難者，映現在詩作裡。她也關心經歷越戰的美國退伍軍人。

背負家族的，猶太人的歷史創傷，使她從一位生物學家而成為詩人，創傷記憶的探索者以及撫慰者。

一個地方

我們已經來到一個
語言結束的地方，文字
在書頁上短路。
哪些文字能包容一個男孩
碎裂其中或讓一個女孩
躺在校園侷限的土地上
在九月，她的身體挨了
一個男孩的拳頭尖叫著猶太人猶太人。
這不是一首感傷或抱怨的詩。
也不是發現
為什麼一個孩子
在一間孤單地下室　以胸撫靠我們的一首詩。

當時——給保羅・策蘭

我想就因為你正要
來臨我才能寫這首
世界創造的詩我
能將塞納河放在我的河流詩裡
鵝卵石廟宇
自由的鵝卵石
在我詩裡因為你
正來臨。我能放政治的
完美在我詩裡流亡的
收穫黃金徽章縫合
一如樹葉進入孩子的
身體。但那不像

一個門正在打開這首詩
不願意像一個手指深入
土地。塞納河的流水
為何破舊徽章覆蓋
水的表面
係花瓣之河誰觸及
每一個摸索著的心是唯一的你
被公認是這樣的詩人他的水晶
臂彎在四月的那個夜晚
在冬天的最後黑暗
之前清洗河流
那晚詩人行走
停止呼吸打開
他的死亡一如打開震顫

注：保羅．策蘭（Paul Celan，一九二〇～一九七〇）著名的德語詩人，
猶太裔，原籍羅馬尼亞，經歷在奧地利、法國的生活。雙親死於納粹
德國對猶太人的大滅絕。他用德語寫作，又扭曲德語，一九七〇年在
法國塞納河投水自殺。
這首詩，像保羅．策蘭的行句，刻意扭曲。

祭品

通常
對一個男人
土地
是他的母親

但在耶路撒冷
他們說
男人
把土地
當做他妻子

所以這些土地的

果實——葡萄，
甘松，成串的
指甲花和無花果——
是他的後裔。

留下來的
帶到桌上
就當做以撒在他山上的
聖餐
就當做亞伯拉罕在聖殿山的
牲羊

傳遞失落之痛，煥發個性光彩

美國／

琳達．葛莉格（Linda Gregg，一九四二～）

在紐約出生的琳達，葛莉格成長於加州，在舊金山州立大學取得藝術學位的她，曾在納帕的印地安山谷學院和路易西安那州立大學，加州大學柏克萊校區以及荷華大學教過詩，後來又回到紐約，並在普林斯頓大學的創作和表演中心的創作班授課。

一九八一年出版第一本詩集《亮得看不見》（*Too Bright to See*），後來的詩集有《事物與血肉》（*Things and Flesh*）、《欲望的聖儀》（*The Sacraments of Desire*）等多冊，作品經常發表於《紐約客》《巴黎評論》《肯揚評論》及《大西洋月刊》等刊物。受到波蘭詩人米洛舒（C.Milosz）的讚譽，美國詩人默溫（W.S.Merwin）也有美言。

一九八二年獲古根漢獎學金，一九九三年成為美國國家藝術基金會會員，二〇〇三年獲詩人莎拉．蒂斯黛爾獎，二〇〇九年獲傑克生詩獎。

作為一位獲得許多獎項的美國女性詩人，琳達·葛莉格是原創性的，也是神祕的存在，她以女性的獨特思維觀照人生和愛。

相偕在希臘

當他為我介紹他漂亮的朋友時
我正坐在劇場的台階上。
稀稀疏疏的暴露的燈泡顯出那兒多麼黑暗和荒涼。
我站起來並離開這小城。
走開而毫不猶疑。
我走到田野中一個選秀競技場並躺下來，
在那兒他們曾經天天賽馬競驢
在大麥上方，一個農人手索纏繩
奔跑著。感知空氣是冷的而我看到自己在那兒。
了解到自己的堅強。
當月亮要我歌唱
要我張開嘴，我拒絕。

我知道傑克正在找我。靜靜停留。
最後我走離田野
並走向他。黑暗而且巨大。
我的頭因為不是我發出的聲音疼痛。
那比生活更為令人驚嚇。
我走向他，帶著那對我的歌唱。

注：傑克（Jack Gilbert）是作者長期交往過的一位詩人，密友。

一份祝福更勝於尼采說愛

廣場的石屋在空氣中形成一個形影
以便在其中歇息。一種擁抱所愛的形式
無以命名。帶著感謝和尊敬
一如尼采。我們沒有其他方式，
其他場所。像無花果落在石棚上
在老屋內庭之上像一份禮物。
你出去又回來帶著你採摘的水果
而我做了果醬搭配小薄煎餅和優酪
並且一起吃了。仍然是早晨而我們相顧
對視即使我們已相知相識
多年。你讓我坐你膝上
在打開的窗邊的椅子並且

把我們的襯衫從頭上褪去
以便我們能感受到空氣的氣息
並且擁抱和親吻興致高昂
在有紗簾的窗邊幽暗房間裡
空氣流入並輕觸我們
而我們有說不出的快樂，甚至
無聲以對。比一無所有更少而且更深。

全然和無需祝福

多麼美麗的祭壇，已經退潮。
沒有了那我無以開始。
女人味是一種病。我張開我發熱的
雙眼並且看清楚我　人生的意義。
一事像一山。我宣示自己全然和無需祝福，
或需要被祝福。一尾我自己精神的
魚。我不屬於任何人。我不移動。
不被要求移動。我赤裸躺在一條床單上
而不一樣的太陽溫暖我。
我被餵飼以便屠殺，就像其他
動物。不偏不倚地就在中心受苦。
那兒毫無頭緒除了愉悅。

古典主義

在希臘夜晚非常純淨。
月圓時我們完完全全沒有看到它
而且沒有感情。

德國．加拿大／

佩特拉．莫斯坦因（Petra Von Morstein，一九四一～）

佩特拉．莫斯坦因，是詩人也是哲學教授。

生於德國波茨坦的她，定居加拿大的亞伯他省，曾是卡爾格雷（Calgary）大學的哲學教授，對美學理論的研究具有創見，常被引用於藝術鑑賞和批評。她出生的年代和成長的年代，分別受到納粹和戰後六八革命的全球學生運動影響。在一九六九年出版第一本詩集，從生活和日常事物擷取哲理，充滿巧思，受到重視。

在加拿大生活以及出生於德國的雙重經歷，她譯介了一些美語詩作給德國的讀者。就像許多二戰後，從歐洲移居美國的詩人一樣，在英語詩和歐洲不同國家的詩歌文化有所貢獻。

也因為她的哲學教授身分，她的詩具有晶瑩亮點，有生活的異質性觀點。

在龍蝦事況裡

有兩種烹調方式
有些人
將活生生的龍蝦
放入滾水中
這
最好吃
但
用麥克風
你會聽到
痛苦的
風暴聲
假如

在龍蝦事況裡
一個人可以說
這就是痛苦的事

另外一些人
為了人道的理由
把龍蝦放在冷水裡
然後煮開

選集詩

昨天我收到
別人送的花。

事實是
我看到它們正在枯萎

就當我
走出去的一會兒
壓抑
是否接受的決定時。

晚上

我不須
關掉燈光。

事物詩

搬家時
有人送我
一個花瓶。

記事簿
是從島上的一個商店
買來的。

你在威爾斯的阿柏海灘
找到
光亮的小圓石。

用這支鉛筆
我寫了連我也沒有人
喜歡的事物。

拜託。
刪掉爛故事。
我真正喜歡的
只是它們原本優異的
一些些事物。

公平相待

我常常
十分驚訝
當一次旅行
之後
特別是搭乘飛機旅行
譬如
在一個機場
在一個電影院
或在瀏覽商品櫥窗
遇見
一個熟人

現在我決定
讓別人
一樣驚訝
就當做
偶然
和陌生人邂逅
即使
我只是
和他們擦身而過

……一九六八……

我依然喜歡
在早晨匆匆於
讀報時
讓水
流著
然後打扮
我的臉

不斷追問自己，不斷探詢存在

墨西哥／

卡絲特蘭歐思（Rosario Castellanos，一九二五～一九七四）

卡絲特蘭歐思是一位融合了歐洲文化和印地安文化的墨西哥詩人。出生於墨西哥首都墨西哥市的她，成長於南方，受到馬雅文化影響，也因印地安保姆的照拂，形塑了美洲原住民的人生氛圍。

她被認為擁有戴著荊刺冠冕的心，是執意於真理，渴求真實的詩人。一九四八年出版第一本詩集，一九七四年死亡之前，出版了八本詩集，也有評論，隨筆，戲劇，小說和故事集。在她所屬的國度，她被認為是「五〇年代」群的詩人、作家，與薩比納斯（Jaime Sabines，一九二五～一九九九）同年。她和墨西哥詩人帕斯（Octavio Paz，一九一四～一九九八）一樣，都出任過外交官。卡絲特蘭歐思死於任職墨西哥駐以色列大使館任內。

曾致力於墨西哥女性解放運動的卡絲特蘭歐思，在她的國度有鮮明的女人和墨西哥人的雙重地位和身分，反映在她的詩作品裡，既有現實的探觸，也有神秘的追索。她談論死亡遠多於其他墨西哥作家，她觸及傷痛也遠多於其他墨西哥詩人。「它傷痛，因而它真實」「我們生活在地球？不是永遠，只是暫時」這樣的話語兼具了女性、印地安人、古美洲文化的思維，這樣的詩呈現了謙卑的心思以及深刻的觀照。

搖籃歌

這世界大嗎？「它大，大如恐懼。」
時間長嗎？「它長，長如遺忘。」
海深嗎？「問問掉落的人。」
（惡魔笑了，他撫弄我的頭髮並要我入睡。）

棕櫚樹

風的女士，
大草原的蒼鷺
你搖晃時
你的腰肢唱歌

祈禱的姿勢
或翅翼的序幕
你是一個一個倒灌入天空的　杯子

從人的黑暗大地
我跪著讚賞你　高大，赤裸的，孤獨。
一首詩。

夜曲

對人生時間太長了；
對知識則不夠。

我們來到是為索求什麼，夜晚，夜晚的心？

所有我們能做的是夢，或死亡，
夢我們不死
而且，有時，多一瞬間，醒來。

冷漠

他注視我就如一個人透視一面窗
或空氣
或空無。

因而我知道：我不在那兒
或任何地方
我從不曾也不會是。

我變成像死於瘟疫的一個人，
身份不明，而且被投擲
到一個公墓裡。

原生之瞳探看的生命風景

墨西哥／

娜塔麗亞．托雷多（Natalia Toledo，一九六七～）

娜塔麗亞．托雷多是以薩巴特克語（Zapotec）寫作的詩人，並且自己翻譯為墨西哥通行的西班牙文。這是西班牙在包括墨西哥在內的中南美洲殖民影響，也是原住民文化自覺的一種展現。

她出生於墨西哥南部，一個人口不到一萬人的原住民自治區。面積只有一千一百多平方公里，在墨西哥作家學校研習後，成為墨西哥作家協會成員。曾經多次獲國家藝術文化基金會贊助支持，及州政府的文化藝術基金會贊助。

身為一位原住民詩人以及女性詩人，她的作品只有從土地以及大自然汲取的生態視野，抒寫的人生風景與都會文明有高度反差，呈現出非功利主義的透明性純淨。

已出版多部詩集的她，作品也收錄在許多選集裡。二〇〇四年，她的一本詩集《黑橄欖》獲得以詩人內薩瓦爾科約特爾（Nezahulalcoyotl，一四〇二～一四七二）為名的國家文學獎。

平靜人生

語字之眼有眸
正經認真而且圓滾滾的，
像一隻燉煮的小蝦
或一雙皮革涼鞋
待修而且僵硬
像農場工人雙腳的裂痕。

帶著根的孩子

我有一張發黃的照片
眼瞳溼答答而且她唇上有一朵花
有人進入那張照片
並用力把花連根拔起。

黑色的花

一個孩童在一根外露的枝椏
抬眼對著橄欖樹
她張開黃金色的葉子
打量欲望的污點。
葉子告訴她將會有好多愛人
她的手指打量每一個污點
命運顯示一個名字。

那球芽甘藍之花

我也不免一死
一隻蜂鳥刺痛我的心之眼瞳。
心哭嚎它激烈的顫慄
幾乎無法呼吸，
我的翅膀鼓動
就像石麻鶺鳥預測晴雨。
我告訴自己我也不免一死
一段音樂旋律落在我悲傷的椅座上方
一個海洋從我源出之石吐放出來
我用薩巴特克語書寫無視於痛苦的文法，
我問詢天空而它的火
對我回應快樂。

紙蝴蝶承受我：
為何你不轉背向星星
那會在你的肚臍打結。

注：薩巴特克語（Zapotec），墨西哥的一種古文明文字。

第一個房子

我在孩童時睡在祖母的手臂裡
就像月亮在天空的心中。
床：棉花採擷自棉樹花果。
我從樹榨油，並出售給朋友們
就像艷麗的紅色炮杖花。
像小蝦在太陽下死去，我們也塗抹自己
在鍋蓋之上。
在我們眼瞼上方南方十字星打盹兒。
圓扁的麵包，棉線編成的吊床，
食物以瀰漫在土地上方的快樂烹飪，
我們攪拌巧克力，
而一早他們用陶罐裝著款待我們。

在恩典中編織心靈的風景

巴西／

阿德里亞・帕拉杜（Adelia Prado，一九三五～）

巴西是拉丁美洲的葡萄牙語系國家。和其他拉丁美洲國家一樣，也信奉天主教，與其他的西班牙語系國家，有些差異。這使得巴西詩人既在地域上和拉丁美洲國家一樣，有殖民和後殖民課題。但不一樣的是，在語言上，連帶的是葡萄牙而非西班牙。

帕拉杜是一位教哲學的詩人，她在哲學以及天主教信仰的特質，和具有強烈女性精神的認同，都反映在作品裡。從早期的自傳性探尋，發展到國族主義的關注，讓她的詩既有女性色彩，也具有葡萄牙的國族形影。

細膩的詩性心靈風景，交織魔幻和哲學的世界。

流利的寫作

我寫一本書，感謝主，
我沒有喪失我的詩歌精神。
今晨在一個集會後，
我起身弄咖啡，
一陣濃霧彌漫在田野上方，
群落屋宇，人們和弄得七零八落的麵包。
人生就像衣服以堅韌的線縫製。
持續而且強制地被時鐘
也被鼻塞藥管理。
我的書，在桌上，準確的對位法
群雀，鳥屎半滿，
詩歌的懷舊和激烈渴望。

時鐘鳴響無須哀傷麵包屑離桌而去。
一如往常，感謝主。

葡萄牙語

蜘蛛，軟木塞，珍珠
以及四種以上我不要說的：
這是完美的語字。
死亡並不能免。
上帝是無重量的。
蝴蝶往常在蛻變中，
就像肥皂在沸騰的水壺中。
上帝知曉所有奇異的事情
那存在於心中的，
腐敗的存在是因為
原初的罪。
語字，我從前渴望的事物。

我的心倦厭於悲傷的演說。
強納遜對我說：
「你喝了你的優酪乳嗎？」
多麼甜蜜充溢我，多麼舒服！
語字是不完全的，它們存在只因為詩歌
而我問及
這些有翅的昆蟲和友情來自何方，
你的手臂輕輕觸及我的。

恩典

世界是一個花園，一道光沐浴世界。
空氣中的純淨，雨後的綠，
開闊的鄉村覆蓋在青草就像綿羊滿身羊毛。
一種毫無怨尤的痛：一隻蝴蝶在蛻化成形。
搖醒溫情的記憶：
光腳的年輕女人，衣裳飄動著，
因青春而熾熱，
無來由地暗自快樂。
我不主張古老的癖好——保護我免於突來的快樂。
若女人醜？而男人愚蠢呢？
無意義的，他們都在霧裡一如我。
空罐子，肥料，在他馬匹上的痲瘋病人。

全都絢爛奪目。雲彩上一個國王，一個王國，
一個跳著舞步的弄臣，一個王子。我旁經而過，
他們是肉體，我看不到比肉體更多的存在。
上帝賜予我這無法忘懷的日午，我揉揉我的眼睛
並且看到：
就像天空，真正的世界是田園詩。

彩繪玻璃窗

一座教堂面對著北方
左邊是一條河岸道路，一條鐵路。
太陽，已西斜過半。
一些男孩在暗影裡，
我在那兒踮著腳趾站著。
我的手，不經意地弄著頭髮，
並且移動到我的腿股，
感覺那兒有跳動和羞怯的回應。
一如舞者笨拙的跳躍。
每一件事對我都是脈動和訊息，
那像前戲一樣美妙而非性的刺激，
一種純粹的存在。